深泥丘奇談

綾辻行人

Yukito Ayatsuji

郭清華—譯

名家推薦

《深泥丘奇談》充滿了綾辻行人獨特的文字魅力，也是截至目前為止最貼近他本人生活的一本作品。雖名為「奇談」，但作者在故事中埋設了許多荒謬的趣味，建構出一個獨特的深泥丘地區，令人不禁期待深泥丘未來還會有什麼樣奇特的故事。

——【推理作家】冷言

綾辻行人的獨特魅力，並非只在於他總能在本格推理的框架裡突破格局，更在於他擁有讓人擊節讚嘆的超常想像力。在《深泥丘奇談》中，綾辻以自己眞實的日常生活為藍本，飾演一名精神耗弱、經常失憶的推理作家，踏入深泥丘醫院進行治療後，卻遭遇了更多不可思議的怪事。整部作品充斥著割裂現實、無法正視的瘋狂異象，卻又處處點綴著綾辻的自嘲般的幽默感，可說是一部幻想版的推理作家日記。

——【恐怖、犯罪作家】既晴

京都真的有個「深泥池」（不過綾辻把水體改成山丘），位在京都地鐵終點站附近，算得上是京都的「鬼門」，一般人沒事不會去造訪。因爲，「在那裡，一定有什麼東西！」

綾辻行人這個鬼才把推理與恐怖、幻想與暗示融合到濃得化不開，再加上他挑上的場景、筆下的描述，讓主角的日常在轉瞬間就成爲怪談，都讓人不看也難，卻又邊看邊怕、看完更懼、想忘也忘不掉！

歡迎進入綾辻行人的世界，不論你信的是哪種神，請帶好你的護身符……

——【台灣推理作家協會理事】張東君

導讀

無須解釋的閱讀樂趣

——談綾辻行人的《深泥丘奇談》

影、書評人／出前一廷

就某些方面來說，綾辻行人實在很難不讓人聯想到愛倫坡去。

眾所皆知的愛倫坡，除了寫出許多經典恐怖小說外，更藉由短篇〈莫爾格街兇殺案〉開創了推理小說這個文類，並影響亞瑟．柯南．道爾創造出「福爾摩斯」系列作品，迎來了至今仍方興未艾的推理熱潮。

綾辻行人的創作歷程，與愛倫坡彷彿鏡像一般，讓人得以相互對照。愛倫坡以恐怖小說為本，推理對他而言，是個說來其實有些意外的副產物。至於綾辻行人，則是日本推理的新本格浪潮開創者之一，以正統推理的「殺人館」系列小說成名。但被認為是純正推理作家的他，卻對恐怖小說有著無比熱忱，不僅曾寫過以心理驚悚為主的「殺人耳語」系列作品，更以「殺人鬼」系列作，呈現出有如電影《十三號星期五》般的不死殺人魔故事。

然而，他畢竟仍是一名推理作家，是以在上述的恐怖小說中，亦導入了極為明顯的推理元素，往往會在小說的高潮時，出現如同揭露真兇般的本格推理必備橋段。

但有趣的是，對於綾辻行人來說，他似乎也有段時間，在恐怖與推理的類別界線間感到苦惱及難以取捨。他除了將推理元素運用在恐怖小說裡，更同時把一些難以解釋的現象，直接放進一切需以理性為依歸，每件事都得擁有合乎現實解釋的本格推理小說中。例如原本均以本格推理風格掛帥的「殺人館」系列第七作《殺人暗黑館》，便有部分真相完全無法以合乎現實的方式解釋，亦使不少推理迷感到難以接受，引發了正反兩極的觀感。

如此的兩方拉扯，身為讀者的我們，亦能在他更早前的短篇集《推理大師的惡夢》中看出些許端倪。《推理大師的惡夢》雖說看似本格推理，但書中的每個短篇，卻都擁有強烈的戲謔特質，那些解答縱使均能解釋清楚故事內的謎團，但也同時有種強詞奪理的態勢，使得整本作品彷彿是在刻意惡搞一般，對推理小說那些本應理所當然的元素發出質疑。

而這樣的焦躁，在他徹底將風格混和，頗有宣洩心中苦惱意味的《殺人暗黑館》後，才又總算尋得了平衡之道。於是，在比《殺人暗黑館》還晚動筆，卻先行集結連載內容成書的長篇恐怖小說《最後的記憶》中，其推理元素的呈現，比起他以往的恐怖作品已淡薄許多；就連「殺人館」系列的最新作品《殺人驚嚇館》，也不再像《殺人暗黑館》那樣無法以現實角度解釋，故事中的陰鬱詭異氛圍亦掌握得宜，成功為其奪回了不少忠實推理讀者的目光。

至於這本恐怖短篇集《深泥丘奇談》，也同樣承繼了他後來的創作走向。除了〈惡靈附身〉是應出版社的推理企劃所寫的短篇，具有較強推理色彩外，其餘作品均為單純的恐怖風格。有趣的是，這回《深泥丘奇談》中的主角，亦同樣為一名推理小說作家，而綾辻行人也大方承認，這名角色極為貼近日常生活中的自己，因此，當主角在面對一些無法以現實角度解釋的事情時，總會不免聯想起推理小說中所需遵守的既有規則，使本作得以令讀者窺見綾辻行人現階段的創作思維，以及如何看待恐怖與推理這兩種類型小說的不同之處，充滿了如同夫子自嘲般的輕鬆自若。

除此之外，收錄在《深泥丘奇談》裡的短篇，在恐怖方面的呈現手法，亦與以往有所不同。這一回，綾辻行人帶來的是如同日本恐怖漫畫家伊藤潤二的風格。故事在充滿生活感的狀態下前進，以突如其來、溢出現實常軌的現象，營造出詭異中帶有一絲幽默的效果，讓人摸不清一切究竟是真有其事，或只是主角不穩定的精神狀態幻想而成。

這回，綾辻行人不再需要為讀者解釋各種怪異現象的緣由為何，僅是單純地寫出事件，以大幅留白的手法，使人在閱讀之際更感好奇不已。

我想，有不少時候，如果你想闡述一本恐怖小說為何好看有趣，那麼最好的解釋，或許正是因為那本作品絲毫不為你解釋什麼。正如你在不知不覺中翻過一頁一頁，踏入「深泥丘」這個看似平凡、卻又處處詭異的地區裡，所目睹到的那些個古怪遭遇一樣。

獻給Dr.岡田

目錄

臉

1

唧唧唧……這是剛開始我聽到的聲音——至少我是這樣覺得。

唧唧唧、唧、唧唧……的，好像是什麼奇怪的蟲鳴，但是再繼續聽，好像不是唧唧唧，而是咕咕咕，還是咭咭咭，有時又好像是嘎，或卡或嘶，讓我十分困惑。

到底是什麼呀？這個唧、唧唧……的奇妙聲音。

不像是昆蟲之類的聲音。是鳥嗎？應該是其他更小的動物發出來的聲音吧？或者是……人的聲音？腦子裡一旦出現這樣的念頭，馬上就覺得這個聲音很像人的呻吟聲，或是在哭泣，也很像是強忍著笑時所發出來的聲音。

如果是人所發出來的聲音，那麼到底是什麼人的聲音呢？又是從什麼地方傳來的呢？……唧唧、唧唧唧唧。

昏昏沉沉的腦子似想非想地思考著，然後，我突然張開了眼睛。

房間裡很暗，我獨自躺在冰冷的床上。這裡是……

這裡是病房，我很快就想起來了。

深泥丘醫院是一棟老舊的大樓，我躺在這棟大樓四樓的某個單人病房裡。

雖然我已經從睡眠中醒來了，但是那個怪聲音並沒有因此消失。

唧唧唧……和剛開始聽到時的聲音一樣，但是，用這個擬聲字來記載這個聲音，是否足夠貼切呢？老實說，我一點把握也沒有。我覺得那不太像是蟲的叫聲，不是昆蟲類的蟲鳴聲，也不是鳥的啼叫聲，更不是其他小動物的……啊！這果然是從人類的嘴巴裡發出來的聲音吧！雖然沒有證據可以證明我的這個想法，但我很強烈地這麼認為。

唧唧唧……不知道是什麼發出來的聲音。

完全不能成為語言的聲音……唧唧、唧唧唧……和咂嘴或磨牙的聲音也不一樣，因為好像是以前從來沒有聽過的聲音，讓人有種毛骨悚然的感覺……唧唧、唧唧唧唧、唧、唧唧、唧。

花了一點時間，我才找到電燈的開關，在尋找開關的時候，那個聲音仍然繼續著，可是電燈一亮，聲音好像被光線消除了般，突然就停止了。

這個房間裡除了我以外，沒有別人了。

這是一間狹窄的單人病房，根本不存在可以躲藏一個人的隱蔽空間，此時病房的門緊緊關閉著，窗戶也很正常地關著，看不出有任何異狀。

……到底是什麼聲音？

我坐起來，扭動脖子左看右看。

聲音是從隔壁的病房裡傳出來的嗎？還是我睡糊塗了，那聲音其實只是我的幻覺？是因為我睡前吃了安眠藥的關係嗎？可是，不管我怎麼擺動我的腦袋，還是甩不掉那種不夠清醒的模糊感覺，好像只要一閉上眼睛，即使是在坐直上半身的情況下，也可以馬上睡著。

已經是午夜兩點多，病房裡只有我一個人。

我並不是因為得了什麼重病，或受了嚴重的傷而入院的，而且我也知道等到今天早上，應該就可以出院回家了，但病房特有的封閉性，就是讓人開朗不起來。

雖然覺得肚子餓和口渴，此刻的我卻只能忍耐，因為天亮後我就要做胃部的檢查，所以從昨天晚上起我就開始禁食了，不能飲食，當然更不能抽菸，這就讓人更加鬱悶了。

「好悶啊！」我小聲地喃喃自語，然後伸了一個腰，嘆了一口氣。就在這個時候，我又聽到聲音了，唧、唧唧。

我屏住呼吸，再一次轉頭環視室內，仍然看不出病房裡有什麼奇怪之處。所以說……聲音是隔壁的病房裡傳出來的吧？還是……

從我的床底下嗎？不會有這種事吧？

我一邊想著：「不會有這種事吧？」一邊挪動倦怠的身體，雙手攀著床緣，俯身看著床底下。果然！床底下傳來唧、唧唧唧的聲音。

朦朧之中，我的視線裡好像出現了「奇怪的東西」。

那是房間角落的牆面，牆面上貼著白色的壁紙，離地板約二、三十公分高的地方，有著和周圍的亮度不一樣的部分……唧唧唧、唧。

那是什麼呀？

附著在壁紙上面的斑點是什麼呀？——不，那不是斑點，看起來好像是立體的東西耶！

我不敢有所行動，只是揉揉眼睛。

這次看得更清楚些了……

那不是斑點或汙漬，白色的壁紙上，有一塊淡褐色的部分，那一部分的形狀很奇妙，看起來像是——

……那不是人的臉嗎？

話雖如此，其實那只是一張勉強可以說是臉的「五官」，而且非常難看，像被壓扁的帽子一樣，那張臉的輪廓扭曲了，扭曲的輪廓裡面有兩個小小的眼窩，還有一個像鼻子一樣凸起的部分，而斜斜地橫在凸起部位下面，像是新的傷痕的那條線……可以說是嘴巴吧？……唧唧，唧唧唧的聲音又來了。

唧唧唧、唧唧、唧……讓人毛骨悚然的聲音，毫無疑問地，正是來自那張醜陋的臉上，那張像新傷口般的嘴巴——我覺得是這樣。

我連忙閉起眼睛。

我一定是看到了不能看、也不該看的東西了，恐懼的感覺逐漸在我的心裡擴散開來。

那是什麼？

那到底是什麼呀？

巨大的問號在我的腦子裡橫衝直撞，可是我就是不敢再張開眼睛確認剛才自己看到的東西。唧唧唧的聲音就在我緊閉著眼睛時慢慢淡出，我除了感到害怕外，已經沒有力量去想其他了。就這樣，我又昏昏沉沉地陷入沉睡之中。

當我再次張開眼睛時，已經是早上七點多。這時不管我怎麼尋找，再也找不到病房牆壁上的「臉」了。

所以我想：那一定是惡夢——對，一定是。

2

話說一個星期前。

那是已經過了四月中旬，某個星期四的黃昏，我從家裡出來，沿著山邊往南走。就在我漫無目的地獨自散步途中，突然感到一陣劇烈的暈眩。

一點預兆也沒有的暈眩，讓我覺得強烈的天搖地動，嚇得我連忙蹲在路旁。但是，儘管蹲下來了，那種天搖地動的感覺並沒有因此停止，所以我不由自主地想到了「前庭神經炎」這個病名。

這種突然而來的暈眩，大約十年以前也發生過一次。

有一天早上我起床時，突然感到整個世界都在旋轉，只是從臥室走到盥洗室，就完全進入了暈船的狀態中，猛烈地嘔吐起來。後來到醫院看醫生，接受了種種的檢查之後，被醫生告知我得了前庭神經炎。醫生說造成我暈眩的原因，就是負責掌管平衡感覺的內耳前庭神經，不知什麼緣故發炎了。

雖然醫生說前庭神經炎不是什麼嚴重的大毛病，只要吃了藥，安靜休養幾天就會沒事，但我卻覺得之後的那兩個星期間，我的世界都在天旋地轉之中。

已經過了十年以上的時間了，難道前庭神經炎又發作了嗎？

我的心裡雖然這麼想著，卻覺得這次的暈眩沒有上次那麼嚴重，所以靜靜的蹲了一會兒後，便試著站起來看看，並且發現天地已經不再旋轉轉動，也可以穩定地走路了。我暫且放了心，不過還是覺得極度不安。

仔細想想，最近自己的身體狀況基本上不是很理想。

雖然沒有什麼特別的病痛，但是很容易感到疲倦，也很容易感冒，還經常因為頭痛或失眠而煩惱。此外，有時還會視線模糊、忘東忘西、食欲時好時壞等等的狀況。對了，最近明明沒有特別控制節食，但體重卻明顯地下降了。

因為職業的關係，我總是過著不太規律的生活，而且又不是正式的上班族，沒有定期健康檢查的機會。雖然心裡也覺得這樣下去不太好，曾經想過每年要自動去做健康檢查，但最後總是因為太忙而不了了之。

「糟糕，」我邊走、邊不自覺地喃喃自語：「我可不想這麼早死。」

突如其來的暈眩，讓我感到非常害怕。我本來就是一個愛操心的人，心裡一旦產生疑慮，就會陷入愈來愈不安的惡性循環當中。

為了讓心情平靜下來，我反覆地做著深呼吸，但是一點效果也沒有，走不了幾公尺，我的心跳就開始加速跳動，明明不覺得熱，額頭卻已開始冒汗了……

就在這個時候，我看到了那家醫院。

沿著平緩的坡道往上走，前方出現了泛著朦朧白色光芒的看板。

醫療法人再生會
深泥丘醫院

一棟老舊的四層樓鋼筋水泥建築物，矗立在黃昏的天空下。

啊……！又開始覺得暈眩了。

我忍不住手貼著額頭，喃喃唸著：「糟了！」

強忍著想再蹲下來休息的念頭，我再一次看著醫院的看板，看板上陳列著外科、內科、腦神經外科、消化器官科、呼吸器官科等等醫療項目，看來好像是一所設有病房的小型醫院。

總之，就先在這裡看個診吧！做了這個決定後，我立刻朝著醫院的入口走去。

現在回想起來，好像那時就已經聽到不知從哪裡傳來的唧唧唧……的聲音了。不過，那一定只是我太過神經質的緣故。

3

「不用太緊張，現在覺得怎麼樣？還會暈眩嗎？」

「……不會了，已經沒有暈眩的感覺了。」

「你的情況不像是前庭性的暈眩，應該是自律神經系統的問題。如果是前庭神經炎的話，暈眩的症狀會持續一段時間，而且你也沒有耳鳴的現象，所以是梅尼爾氏症的可能性也很低。」

「噢……」

「不要太在意，先靜下心來好好休息一陣子吧！我會開點鎮定劑給你服用。」

「好，可是……」

「怎麼了嗎？」

「是這樣的，醫生，最近我的身體狀況……」

為我看診的醫生看起來四十多歲了，年齡可能和四十歲出頭的我同年，也可能大我幾歲，是一個身材魁梧的男性，好像姓石倉（因為他身上的白袍掛著「石倉（一）」的名牌）。他的左眼戴著茶綠色的眼罩，所以剛看到他的時候，我的心裡還有些七上八下，不過，交談幾句後，我就放心了。他為我看診時的態度很穩重，言談舉止也很得宜，並且細心地為我說明診察的結果。

然而，我大概還是被不安的惡性循環束縛著，所以一直很擔心自己的身體，所以雖然面對的是初次見面的醫生，卻已經在不知不覺中，將自己最近所煩惱的身體狀況，一股腦兒地向醫生報告。

「……原來如此，看來你的壓力都沒有得到紓解喔！」石倉醫生溫和地說著自己的看法：「你說你的工作是寫小說？」

「唔，是的，可以這麼說，我靠寫小說過活。」

「你寫什麼小說？」

「可以說是推理之類的小說。」

「啊！是嗎？像江戶川亂步、橫溝正史或牧野修寫的那種小說嗎？」

為什麼會突然提到牧野修這個名字呢？——我的心裡雖然覺得訝異，但表面仍然不動聲色地回答他：「是的，就是那種小說。」

「你用本名寫小說嗎？」

「不、不是。」

我帶著惶恐的心情，說出了自己的筆名。不知道醫生到底知不知道這個名字？

只見醫生「哦」了一聲後，便接著問我：

「寫小說很忙嗎？」

「還好，還過得去。」

「經常被追稿嗎？」

「說不上是經常，不過，有些時候確實會被催著趕稿。」

「——我了解了。」

醫生用沒有被眼罩遮掩的右眼，幾乎是目不轉睛地盯著我的臉看。看了一會兒才說：

「就像我剛才說過的，你的問題和你的工作應該有一點關係。既然你這麼不放心自己的身體狀況，不如趁這個機會做一次徹底的健康檢查吧？那關於你今天暈眩的情形，為了保險起見還是做一下腦部的檢查。」

「——唔。」

「下個星期的後半週如何?那時醫院裡應該有空下來的病房,請你找一天的下午時間來辦理住院,在醫院裡住一晚做檢查。」

在醫生的建議下,我終於決定住院做檢查了。另外,我在雜誌上連載了五年的長篇小說結束了,這也是我能夠做這個決定的重要原因之一。

回家後,我對妻子說起這個決定時,妻子二話不說就表示贊成。但是,我覺得她聽到「深泥丘醫院」這個名字時,臉上的表情稍稍變僵硬了。

可是,當我問她:

「怎麼了?」

她卻好像嚇了一跳似的,面露不解的表情反問我:

「什麼?」

看到她的這種反應,我想應該是我自己太神經質了。

4

「半夜聽到奇怪的聲音?」

天亮以後,我忍不住問了來巡房的女護士——正式一點的說法是護理人員吧?

「你聽到的可能是隔壁病房裡病人的聲音吧？」

「隔壁病房裡的聲音嗎？」

年輕的女護士有點訝異地轉動著眼珠子說：

「我原本也是那樣想啦，但是……隔壁病房現在空著呢。」

「哦？是嗎？」

女護士的白色護理服的胸口，掛著「咲谷」的名牌。

我記得上一個星期第一次來這間醫院時也見到她，是一個個子嬌小的可愛女生。我注意到她的左手手腕上纏著厚厚的紗布繃帶，上星期我初次來這間醫院的時候，她的手上也纏著相同的紗布繃帶。已經過了一個星期，她手上的傷還沒有好嗎？還是她的皮膚有什麼問題？

「唔……那就奇怪了。」

因為沒有得到答案，所以我繼續問：

「這間病房有什麼『傳聞』嗎？」

「傳聞？」女護士又露出驚訝的表情：「你指的是什麼？」

「我的意思是……這間病房以前住過含恨而死的病人嗎？或者住過久病不癒，受不了病痛而自殺的病人嗎？」

我一邊說、一邊看著病房內的那個角落——半夜醒來時，看到浮現著醜陋人面的牆壁附近。

「因為醫院的建築物很老舊，以前一定住過很多人、發生過很多事情，所以我才會有這種想法。」

女護士不解地歪著頭，順著我的視線也往牆腳看，問道：

「那裡有什麼東西嗎？」

「啊，沒有。」

我連忙搖搖頭，然後說：

「沒有什麼。只是昨天晚上聽到怪聲音的時候，就……」

「就**覺得那裡好像有什麼東西**，是嗎？」

「啊，不是、不是，就……」

「真是的！你的意思是這個世界上有鬼嗎？」

「……不是啦！」我連忙說，而且更用力地搖著頭。

真是的！我幹麼提出這麼愚蠢的問題呀！

在半夜裡看到的「那個」，一定是夢境，不然就是我在睡眼朦朧的情況下，把光在牆壁上造成的陰影，看成「那樣的東西」了——對，一定只是這樣而已。

「聽說你是小說家？」

突然被她這麼一問，我覺得很不好意思，視線也很自然地從她的臉上移開。

「你已經住院休息了，腦子裡還會有那種奇怪的想像嗎？」

「不，不是那樣的。」

「我不相信這個世界上有幽靈，因為我從來沒有看過那種東西。」

「嗯——唔，是吧！」我用力點頭給她看，並且說：「當然沒有那種東西。是的。當然是那樣。」

不管怎麼說，好歹我是一個推理作家，並且以寫「本格」的推理為主，沒有理由相信幽靈這種東西。像我這種人相信的是：所有奇怪或不可思議的事情，都可以找出科學性的解釋。如果我不相信這一點，就枉為一個推理作家了。

女護士一邊撫摸著左手上的綳帶，一邊說：

「是呀！」然後便從我的身邊走開。

「到了檢查的時間，我會再來通知你，請等一下吧！」

說完這句話，她的臉上露出微笑，轉身離開病房。可是，就在她露出微笑的那一瞬間，我覺得她臉上的那抹笑意怪怪的，看起來有點邪惡。不過，這一定也是我太神經質了，才會有這種感覺吧！

5

大約三十分鐘後，女護士來接我去做檢查了。

我被帶到和昨天做腹部超音波檢查同一個樓層的檢查室，此時我的心裡產生了一個疑問：胃部的檢查不是照X光嗎？為什麼會在和昨天相同的檢查室做檢查呢？

幽暗的房間中央有一座長長的受檢床。

「請坐在那邊等。」那個叫咲谷的年輕護士面帶微笑地對我說。

不久之後，一個看起來比她年長幾歲的護士拿來一個小紙杯，並且把紙杯遞給我。紙杯裡有少許的透明液體。

「是麻醉藥，請含在嘴巴裡，讓藥劑停留在喉嚨的深處，不可以吞下去。」

「唔……請問這是……？」

「那個……但是……」

照X光的檢查需要麻醉嗎？沒聽說過這種事。

「你第一次做內視鏡的檢查嗎？」

年輕的護士察覺到我的疑惑了，便這樣問我。

「內視鏡？」

我嚇了一跳，手中的紙杯差點就掉了。

「要做胃鏡的檢查嗎？」我問。

「是呀！你以前沒有做過嗎？」

「啊，不是的……以前做過一次胃鏡檢查。所以……現在要做胃鏡檢查嗎？」

「沒有人告訴你要做胃鏡檢查嗎？」

「對，剛才說的是要我喝顯影劑……我以為是要照X光。」

年輕的護士「噢」了一聲，和另外一個護士互相望了一眼。這時我注意到年長的那名護士的手腕上，也纏著厚厚的紗布繃帶。為什麼她的手腕上也會纏著繃帶呢？手上纏著繃帶的意思是什麼……

「請你先含著這個吧！」

在護士的催促下，我勉強把紙杯內的麻醉藥含在口中。麻醉藥又苦又甜，味道非常強烈，讓人一含到嘴巴裡就想要趕快吐出來。

「腸胃科的醫生馬上就來了，請稍等一下。」

護士的話才說完，醫生就來了，看到醫生的臉，我又產生了極大的疑惑。

唔？我忍不住歪著頭，盯著醫生看。

這不是戴著茶綠色眼罩、身材魁梧的石倉醫生嗎？他的專長是腦神經科，必要的時候也可以處理內科或呼吸胸腔科的病人。但是，難道是人手不足，所以連腸胃科的問題他也……不，不對。

不對、不對。我再仔細地觀察。

眼罩的位置左右相反了。現在來的這個醫生的眼罩不在左眼上，而是在右眼上。而且……

再看白袍上的名牌，名牌上的名字是「石倉（二）」。腦神經科的石倉醫生是「石倉（一）」，現在這個醫生是「石倉（二）」，所以他們兩個人應該是兄弟吧？或許還是孿生兄弟。

「那個……醫生。」

雖然因為麻醉藥的關係，喉嚨變得不太舒服，但我忍耐著那樣的不舒服，問醫生：

「請問一下，今天的胃部檢查，原本不是要我喝顯影劑準備照X光嗎？」

「哎呀，是這樣啊。」

醫生一邊這麼回答，一邊以若有深意的眼神看了年輕的護士一眼。

我緊張地問：「一定要做胃鏡的檢查嗎？」

「多做一項檢查，就可以更清楚地了解你的身體狀況，不是嗎？更何況都已經來到這裡了——你不喜歡做內視鏡的檢查嗎？」

有人喜歡做內視鏡的檢查嗎？我的內心裡這麼抱怨著，但是嘴上只能戰戰兢兢地說：

「以前做過一次，那時覺得自己好像要死掉了。」

「放心吧！做內視鏡檢查不會死人的。」

「我知道，只是我沒有做內視鏡檢查的心理準備。」

「你害怕苦嗎？」

「那是當然的。」

「哈哈。」醫生的手謹慎地摸了摸戴著眼罩的右眼，說：

「我明白了，既然你這麼說，我就盡量用不會讓你感到痛苦的方法來做檢查吧！」

「哦？你的意思是……？」

「以點滴的方式注射鎮定劑，讓你在半昏迷的狀況下進行檢查，這樣應該就不會感到不舒服了，可以嗎？」

「啊，這……好吧！」

沒有時間讓我多做思考，我同意了醫生的提議。

「那就拜託醫生了。」

6

身體左側朝下地橫躺在檢查床後，醫生還讓我的嘴裡咬著硬硬的護齒器，護齒器的正中央有一個直徑約一公分的洞，內視鏡的線好像就是從那個洞插入的。

「好了，請放輕鬆。」

「好，進去了。現在你大口地吞下去吧！」

既然醫生如此命令，我也只好照做，把前端附著小型ＣＣＤ攝影機的黑色管子吞下去。掌握好時間，咕嚕，黑色的管子推進到喉嚨的下面了。

嘔嘔嘔嘔嘔嘔……我無法控制地發出了這麼可怕的聲音。剛開始時所做的麻醉，應該能讓我避開不舒服的感覺，但是管子通過喉嚨時，還是會引起想要嘔吐的反射性反應。

我伸出右手，點滴的針刺進我的肌膚，藥劑從針頭送進我的身體裡，我的腦子漸漸變得模糊了，但是痛苦的感覺並沒有完全消失。

「用鼻子慢慢地呼吸，放輕鬆，好，慢慢的。」

咕嚕、咕嚕……我知道管子通過食道了。

咕嚕、咕嚕……每次管子一動，嘔、嘔嘔……的聲音就會從我的嘴巴裡冒出來，口水也同時不停地從嘴角流出來。

「好，沒問題了。」

醫生用哄小孩般的語氣說：

「藥效開始發揮了，看，沒有什麼特別的感覺吧？」

聽到醫生這麼說後，果然覺得沒有什麼感覺了。

我微張著眼睛，看著放在受檢床旁邊的電視螢幕。以前做相同的檢查時，根本沒有這樣的餘力。

淚水模糊的眼睛注視著螢幕裡內視鏡所捕捉到的影像。

看起來濕濕的、有著淡淡粉紅色的地方，是我的胃壁嗎？還是食道？

咕、咕嚕，管子進入更深的地方，可怕的呻吟聲再度從我的嘴巴裡冒出，嘔嘔嘔嘔嘔、呃呃呃呃呃……的聲音交互從嘴裡吐出來。

唧、唧唧唧……我覺得——好像聽到了別的聲音。

唧唧唧、唧唧、唧、唧……這樣的聲音。啊！和半夜在病房裡聽到的聲音一樣，同樣的聲音不知從哪裡傳入了我的耳朵。

這是什麼呀！我的腦筋十分混亂，但是，橫躺著的我只有眼球能動，所以只能靠著眼球的活動，觀察周圍的情形。

唧、唧唧唧唧的聲音一直傳進我的耳朵裡，很顯然的，那個聲音就在附近。唧唧唧、唧。

啊！這個聲音到底是打哪裡來的呢？

我看著醫生的臉，覺得他右眼的眼罩好像在幽暗之中隨著唧、唧唧的聲音，若有還無地微微震動著，再看看旁邊的兩位護士，纏繞在她們左手上的繃帶，好像也唧唧、唧……唧唧唧地悄悄動著。

「很好，來到胃裡面了。」醫生不改語氣地說：「因為要放點空氣進去，請忍耐一下不要打嗝，我要看更裡面的情形。」

咕、咕嚕地，管子更加深入了。呃、嘔嘔嘔……的聲音外，還有唧……唧唧唧唧、唧的聲音。

「好，很好。放心吧！狀況很好。」

是嗎？太好了！我在感到放心的同時，視線再度投向螢幕。但是，螢幕裡出現了我意想不到的影像。

淡淡的粉紅色胃壁的某一部分隆起，那個樣子怪怪、扁扁的輪廓裡，有兩個小小眼窩般的洞，還有像鼻子一樣的部分很醜陋地凸起，凸起的下方有一道像新傷口般的裂痕……唧、唧唧。

唧唧唧、唧唧唧唧……的聲音，是從那個傷口裡傳出來的嗎？

「感覺長得很好喔，真的很好。」

醫生以不變的語氣平靜地說著，而我卻只是呆呆地看著螢幕上的影像，不知道是不是藥的關係，我覺得我好像並不怎麼在意我看到的影像。

我的胃裡面長了一個人面瘡。

和病房牆壁上的「那個」非常相似，面容十分醜陋的這個人面瘡，是什麼時候長出來的……不。

不對，不對不對，這是藥的副作用，一定是藥的副作用，所以我產生幻覺了。對，一定是這樣沒錯，絕對是這樣的……唧唧、唧唧唧唧唧唧……唧。

山丘的那一邊

1

叩、叩叩、叩……那樣的聲音從遠遠的地方傳入我的耳朵裡——這是我的感覺。

叩叩、叩、叩叩叩叩……的聲音，漸漸漸漸地靠近了——這也是我的感覺。

於是我停下腳步，豎起耳朵來聽。和我並肩一起走的女人也在同一個時間停下腳步。

「聽到了吧？」她看著我說：「愈來愈靠近了呢！」

越過山丘之後，下山的坡道相當平緩。

路的一側是護欄，護欄之外是以混凝土固定起來的陡坡——可以說是懸崖了——陡坡的下面是電車通行的軌道。軌道與陡坡上的路面並行延伸，並且在遠遠的前方緩緩地向右轉後消失了，轉彎之後是通往徒原之里的隧道。

叩叩、叩叩叩叩叩、叩……

聲音有點混濁，因此無法直接與電車行走的聲音聯想在一起。一定是還在隧道裡，所以聲音聽起來比較悶，我這麼想像著。

從這個地點所看到的電車軌道沿線風景，除了幾間老舊民宅外，看不到比較像建築物的建築了。此外就是不知到底有沒有在耕作、也不知道到底種植了什麼的田地，及一叢叢長得老高的芒草，和葉子已經慢慢變成紅色的雜木林。雖然說這裡不是市區，但是我實在無法想像自己居住的「城市」裡，竟然有這麼「鄉下」的風景。

當我的視線從遠景回到近景時，看到沿著軌道的旁邊竟然有不少人影。

全部大約有十人……不，應該有二十個人以上吧？那些人男女老少都有——話雖如此，但是那些男女老少裡有一半以上是「老人」，而且幾乎是男性，沒幾個女性。

其中有看起來像是學生的年輕人，也有穿著西裝、看起來像上班族的男性，有的人穿著相當隨意，也有幾個看似小學生的孩子，更有個滿頭白髮、頭戴貝雷帽、臉上掛著太陽眼鏡、手拄著枴杖，外型特別搶眼的老人。

在那些人之中，有許多人的手上拿著照相機——這副光景令人不得不去注意。從小型的照相機到裝著大望遠鏡頭的單眼相機，可說是各種機種都有。當然，也有人手裡拿的是攝影機，也有人脖子上掛著望遠鏡。隔在單線軌道與道路中間的，是張著鐵絲網的矮柵欄，此時有人靠在鐵絲網上，有人正想越過柵欄，也有人在離鐵絲網有點距離的地方，架起了三角架。

我並不是第一次看到這種情景。

這幾個月來，我已經看過數次人群聚集在這條電車軌道旁邊了，不過，以前聚集的人群，每次大約都是五、六個人，所以我總是不以為意地走過，不會特意駐足觀看是什麼事情。他們是為了拍攝電車的照片，而特意聚集於此的嗎？還是只是來看熱鬧的呢？這個世界上的好事者可真多呀！——每次我都這麼想。

可是，今天是怎麼了？可以看到什麼特別的車廂嗎？來了這麼多人，一定是有什麼特別的情形吧！

從遠處傳來的聲音一直沒有間斷。

叩叩叩、叩叩、叩叩叩叩叩叩……

那聲音在晴朗的秋空下，微微地震動著夕陽下的空氣。

現在是十月中旬，應該還不是很冷，但是突然從正面吹過來的風，卻讓我感覺到一股寒意，我把手伸進防寒夾克的口袋裡，縮了縮脖子。

「靠近去看吧！」女人說著，便小跑步地跑到斜坡上。

我眼睛不經意的看到纏繞在她左手手腕上的厚厚繃帶，心裡又起了些許波瀾。

「都走到這裡了……快過來看看啊！」她說。

2

半年前——四月的下旬，我因為對自己的身體狀況感到不安，所以到深泥丘醫院做了檢查。很幸運的，檢查結果並沒有發現什麼嚴重的問題，所以檢查結束後，我就出院了。

我的主治醫師石倉醫生告訴我，從檢查出來的各項數據看來，你的身體絕不能用「非常健康」來形容，因為你的身體狀況和你的工作形態脫不了關係，不過你年紀也不小了，不能不顧好自己身體，我希望你能正視自己的生活習慣，否則恐怕今後會有愈來愈多非吃不可的藥。

造成讓我去那個醫院做檢查的突然而來的暈眩，好像起源於自律神經失調，但服用了醫生開的藥後，症狀便完全消失了，所以覺得還是應該聽醫生的話比較好。

要有規律而充足的睡眠，要有均衡而營養的飲食，要經常做適度的運動。

這些事情都是常識，不用醫生叮嚀也應該要遵守。當然了，醫生最後還是再三交代：

「少抽菸，最好是不要抽菸。」

對於醫生的禁菸要求，我很難做到，所以便裝作沒有聽到。總之，就先從改變日夜顛倒的作息開始吧！晚上好好的睡，白天一定要在中午以前起床；一天吃兩餐，食物以蔬菜與魚類為主；運動的話，因為覺得去運動中心很麻煩，所以決定增加散步的次數，也慢慢增加散步的距離。

以前散步的時候，我總是從自己家裡出來後，便沿著山邊往南走，通常只走到深泥丘醫院附近。但被醫生要求做適度的運動後，就決定要多走一些路，往上爬到深泥丘醫院命名由來的深泥丘步道。

略微高起的小山丘上，是地勢比較平坦的自然公園，通往小山丘那邊的步道是特別鋪設的，和普通的道路不一樣，那條步道的中途另有一條分歧的小路，是通往人文字山的登山道路。

在試了好幾次要爬到那一帶後，我的興致愈來愈高，終於正式把散步的距離延伸到那裡。就這樣，當我爬過小丘，順著步道的坡道往下走之後，就會到達現在站的地方，就可以看到電車軌道了。

老實說，我真的覺得很訝異。這個地方竟然有電車的路線？我驚訝的原因，是因為之前我完全不知道深泥丘的郊外電車路線。

不過，這已經是四個月前——大約是過了六月中旬的事情。

「那是Q電車鐵道的如呂塚線吧！」回到家後，我把這個發現說給妻子聽，但是她卻一點訝異的表情也沒有，只是淡淡的如此回答我。「那是經過徒原之里，前往如呂塚的電車路線。」

「如呂塚？」

「如呂塚遺跡的如呂塚呀！你不知道嗎？不會吧？」

「唔……怎麼可能不知道。」

對，沒錯，被妻子這麼一說，我果然覺得不管是「徒原之里」還是「如呂塚」，都是我不可能不知道的地名。

「我們以前不是一起去過嗎？我們曾經一起去看如呂塚的遺跡，不是嗎？」

「啊……唔。」

聽了妻子的說法，我馬上有幾年前確實去過那裡的記憶，但是——

「那時是坐巴士去的吧？」

「好像是吧！好像不是搭電車去的。」

「不是搭電車去的——我是這麼記得的。」

「算了，坐什麼車去的不重要，但是……那條路線呀！因為泡沫經濟之後，徒原的新城市開發計畫受到重挫，利用這條路線的觀光客也不見成長，所以現在正面臨存廢的危機。」

「噢。」

「因為是嚴重虧損的路線，所以電車公司的總公司已經在討論廢線的問題了。可是，因為沿線居民強烈反對廢線，所以電車公司不敢貿然……你真的不知道如呂塚線的事嗎？」

「啊，嗯。」

「你住在這裡的時間比我久，竟然……真不敢相信。」

「嗯，我真的不知道。」

我住在這個城市相當久了，但是搬到現在住的這間房子，才一年的事。

我原本就出生於這個城市的中心地區，讀中學以前一直住在市中心，後來才跟著父母親搬到別的城市，可是讀大學的時候，我又獨自回到這個城市，並且在這個城市讀研究所的時候，認識了妻子，和她結婚……說起來我的戶籍一直都在這個城市，雖然有一段時間搬離這裡，也沒有把戶籍遷出去過。妻子生長的地方是別的縣市，不過大學時代搬來這裡以後，就在這裡住了下來。所以她說我住在這裡的時間比她久，一點也沒有錯。

不管怎麼說，我都覺得很奇怪。

如內人所說，在這個城市已經住很久的我，竟然不知道有什麼電車的路線通過這個城市，難怪她要說「真不敢相信」了。以常識的觀點來思考的話，我確實不應該不知道——不是嗎？不是不知道，而是忘記吧！我想應該是這樣的。但是，一般的事情可以忘記，這種與地域關係密切的交通工具存在與否，是會輕易忘記的事情嗎？——不會吧！

「年輕型失智症」這個病名掠過我的腦袋，我的心情突然憂鬱了起來。

或許再去醫院做做腦部的檢查比較好吧！這個想法很自然地浮上來。

3

第一次看到有人拿著照相機聚集在如呂塚線電車的沿線軌道上，是七月上旬的某一天黃昏時刻，那天是星期六。

啊哈！那時我馬上就想到——

今天一定有什麼特別的列車要經過，所以聚集了那麼多人。是新型車廂加入營運嗎？還是老式的車廂要做告別的最後行駛呢？或許是要紀念這條電車路線開通數十週年，要做列車廂的展示？

總之，應該是這一類的活動吧！會為了觀看這種活動，還特地來拍攝照片的人，一定都是鐵道迷。

回到家裡後，我告訴妻子這件事。

「因為行駛如呂塚線的車廂是比較特別的，而深泥丘對面的那個地方，好像正好是拍攝照片的好地點。」聽了我的話後，妻子只是淡淡的回應。

「對內行人來說，如呂塚線的車廂好像很有名。」

「妳說的內行人，是指鐵道迷嗎？」

「對，就是鐵道迷。」

「那妳怎麼知道呢？」

結果妻子卻「咦」了一聲，抬頭對我說：「你不知道，我弟弟就是個鐵道迷。不過，他不是攝影派的，他是搭乘派的。」

「搭乘」當然就是「搭乘電車」的意思，相對於「攝影派」，用搭乘的方式來表達自己對鐵道熱愛的人，就叫做「搭乘派」的吧！

曾經聽說這個世界上有不少的鐵道迷，沒想到小舅子也是其中之一。

不過，現在回想起來，自己以前也是一個喜歡火車與鐵道的男孩子。我記得小時候每次搭乘火車，總喜歡跑到最前面的車廂，偷看駕駛廂內的情形，還百般央求父母帶我去蒸汽火車博物館之類的地方參觀。

今天不知道是什麼樣的車廂在行駛，吸引了那麼多的愛好者去觀看。

我忽然想到自己喜歡鐵道的時間很短暫，那是小孩子時候的事情，現在的我可以說對鐵道一點興趣也沒有了。

所以儘管在相同的地方，看到那麼多次那個情景，卻都只是路過而已，從來沒有停下腳步去參與。

4

前天——星期四的下午，我去深泥丘醫院做定期檢查。

做了簡單的問診，然後進行了抽血和驗尿後，我又和石倉醫生談了一會兒話。我說我很擔心自己是否得了年輕型失智症，醫生一邊以指尖輕輕撫摸左眼上的茶綠色眼罩，一邊回答我：

「如果你這麼擔心的話，那就照一下ＭＲ吧！」

春天住院檢查的那個時候，已經做過腦部的ＭＲ檢查了，那時並沒有發現任何異狀。

「那麼容易忘記事情嗎？不過，人一旦年過四十，多多少少都會那樣的……」

「不是那樣的，醫生。」

於是，我說出和如呂塚線有關的記憶之事。

醫生一邊聽，一邊「唔唔唔」地點頭，然後說：「因為疏忽而沒有注意到的可能性，也是存在的吧？畢竟那是一條不賺錢的路線。」

醫生說得輕鬆。

「不過，那條路線在鐵道迷的心中，是非常有名的路線。」

「是呀！」

「哦？你也知道這一點嗎？」

「我聽妻子說的。而且，我也好幾次看到有人拿著照相機，聚集在鐵道沿線的附近。」

「啊！你是說山丘對面的那個地方嗎？有些人真的很熱心。」

然後，石倉醫生轉頭看著站在看診室一角等候醫生傳喚的女護士——最近都要這樣稱呼的吧？

醫生說：「對了，是後天的黃昏吧？」

那位正是春天時見過面、名叫咲谷的女護士。女護士聽到石倉醫生的問話後，面露愉快的表情，輕快地回答：「是的。」

「醫生要去看嗎？」

「不行，後天正好有其他預定的事情，趕不上黃昏的時間。」

「太遺憾了，很久沒有這種活動了。」

我帶著意外的心情，交互看著他們兩個人的臉。莫非石倉醫生和這個叫做咲谷的女護士，也是鐵道迷嗎？因此……

醫生好像注意到我的視線了，他邊輕輕地摸著眼罩，邊對我說：「我的興趣是時刻表。」說著，他的臉上露出靦腆的微笑。

「我對拍照或是乘車都沒有太大的興趣，因為我覺得就算沒有實際的搭乘列車，也能從閱讀時刻表的動作中，靠著想像享受到處旅行的樂趣。怎麼樣？我的嗜好很省錢吧？」

「是啊。」

「甚至可以修改時刻表，改成只屬於自己列車的時刻表哦！那是很有趣的事情。」

「唔，的確。」

「當然了，如果有時間的話，凡是和鐵道有關係的活動，我也會認真地去參與……對了，你覺得怎麼樣呢？」

石倉醫生忽然想到什麼似的，看著我的臉，說：「寫一個鐵道推理如何？」

「什麼？我寫嗎？」

「我可以幫助你找資料哦！只要是和時刻表有關的問題，你都可以問我。對了，來一趟鐵道之旅，蒐集寫作的資料，不僅可以消除你的壓力，對你的健康也會有很大的幫助。」

5

於是今天——

我在散步的時候又延長距離到「這裡」。當我越過小山丘，從坡上往下走，眼前開始出現電車的軌道時，突然聽到後面有叫喚我名字的聲音。我訝異地回頭看，看到數公尺後面的地方，有一個穿著紅色的秋季外套，個子嬌小的年輕女子。

她打招呼道：「你好。」

一時之間我愣住了，但很快就發現她是深泥丘醫院裡的女護士咲谷小姐，因為她穿的不是白色的護士制服，所以我沒有馬上認出來。

「你也來看呀！」她快步走到因為她的叫喚而停下腳步的我身邊，眼角浮出些許惡作劇般的笑意，說道：「其實你也很喜歡吧？」

「啊，不，算不上喜歡。」

可是她完全無視我否認的態度，逕自低頭看著戴在右手腕上的手錶，她的左手腕上仍然纏著厚厚的繃帶。

我忍不住想著：好像春天我住院的時候，她的左手就一直……

「再十分鐘就要來了吧？走快一點！」

我什麼話也沒說，只是加快了腳步，跟著她快步往前走。

6

「既然來了……好吧！」

我在被催促的情況下，小跑步地跟著走在前面的女人，然後和她並肩走過與軌道並行的路，然後越過鐵道口，走到通往對面軌道的路。這個小小的道口沒有攔路閘，也沒有警報器，最初看到這個時，我覺得很詫異，現今還有這麼缺乏安全性的設備嗎？

她在道口的前面停下腳步，轉頭看了我一眼。「一定已經出隧道了。」她告訴我。

叩叩、叩叩叩叩、叩叩叩……的聲音不斷傳來，一定是愈來愈接近了，所以叩叩叩的聲音漸漸變成朵、朵、朵，好像是從地表發出來的轟隆聲。

「看，就是那個。」女人指著前方說。

直直往前延伸的軌道，在遠遠的前方向右轉，當我的視線追隨到軌道轉彎的地方時，我「啊」了一聲。因為我看到了意想不到的東西。

……是煙。

我看到了拖得長長的紅紫色煙霧。

那是什麼？那個煙是什麼？我的心裡浮起這樣的疑問。

嘰嗯——！

耳邊傳來刺耳而且尖銳的聲音。

嘰——嗯！

這是什麼？是警笛的聲音吧！

分散在軌道附近的人們嘴裡，發出了「喔——」的歡呼聲。

是蒸汽火車嗎？我如此想著。

是蒸汽火車要來嗎？那是蒸汽火車吐出來的煙嗎？用蒸汽火車行駛賠錢的私人公司電車路線……不會吧！

我愣住了，呆站在原地。

煙霧濛濛、裊裊上升，擴散在黃昏的秋天天空裡。是因為夕陽的緣故，所以煙霧是紅紫色的嗎？……不對，仔細想想，那邊是東方的天空呀！會被夕陽染紅的是西方的天空才對，這麼說來，煙霧的顏色好像與夕陽無關，而是本身就是那個顏色……可是，怎麼會有這種事呢？

正覺得百思不解時，哇——！我眼前的景物突然劇烈地搖動起來了，好久不見的暈眩又來了！

我不由自主地手撫著額頭，忐忑不安的心裡漸漸浮現不可理喻的幻想。或許……現在不是黃昏的時刻，而是天快亮的時候，所以東方的天空被旭日染紅了，從蒸汽火車裡冒出來的煙，才會變成那種顏色……

叩、叩叩叩叩……朵、朵朵……朵朵朵朵、朵朵朵朵朵朵……

聲音漸漸變成地底震動的聲音，而且確確實實地正在接近我們這邊。

到底是什麼東西要來呢？

是什麼東西要經過這條軌道呢？

不知道為什麼，我感覺到強大的恐懼，忍不住離開站在鐵道口前方的女人旁邊，並且儘可能地離開軌道邊，退到遠遠的馬路旁。但是，其他的人怎麼樣了呢？

不管站在馬路這邊的人，還是站在軌道沿線的人，沒有一個人的反應和我一樣，他們都站在原來的位置上，動也不動地注視著遠處的軌道那邊。

不久——

「那個」終於現身在軌道轉彎的地方了。

我只看了一眼，就全身發抖起來，意料之外的景象讓我在瞬間的驚愕後，知覺緩緩地倒退到一片空白之中。

映入我眼中的「那個」是——

啊！該怎麼說才好呢？那是我從來沒有看過，超乎我的想像之外，非常「驚人的東西」。那個「驚人的東西」當然一點也不像是平常會在這裡行駛的列車，更不是那種令人懷念的古老蒸汽火車。

那是列車嗎？如果這樣問我，我會怎麼回答呢？……我想我的回答是——不，那不是。

那麼，那是列車以外的東西嗎？……不，也不是那樣。——我想我會這麼回答。

那個「驚人的東西」看起來就像一個巨大的生物，除了讓地面產生震動的聲音外，還一邊發出尖銳刺耳的叫聲。可是，若再問我那是生物嗎？……要怎麼說呢？

那個「驚人的東西」雖然怎麼看都像是異形的昆蟲，可是「它」不是有生命的物體，而是由純黑的鐵鑄造而成的東西——看起來像是這樣。

「它」有像是眼睛的部位。

「它」也有像是長長觸角的部位。

「它」靠車輪的轉動，才能在軌道上行走。但是，「它」長條形身體的側腹部上，又伸出了無數像腳一樣的東西，蠢蠢蠕動並行著。此外，漫漫的紅紫色煙霧，不斷地從相當於頭的部位冒出來。

那是——

朵朵朵、朵朵、朵朵朵朵朵朵……

是我太神經質了嗎？「它」好像加快了速度，直直地朝這邊飛馳而來了。

朵朵朵朵朵朵、朵朵朵朵朵朵朵朵朵朵……！

強烈的恐懼感在我那知覺倒退到空白之中的心裡復甦了，迎面而來的不知名「物體」，讓我十分害怕。我無法忍耐地趕緊挪開視線，把視線投注到聚集在軌道的人們身上，偷偷地觀察他們的表情。然而，他們的反應超乎了我能理解的範圍。

面對那麼「驚人的東西」，他們卻一點驚恐的樣子也沒有。

不管是拿著照相機伸出上半身的人，還是握著攝影機或望遠鏡的人，或是空手而來的人們，他們的臉上都洋溢著歡欣的神色，對著「那個」揮舞著手，不論是大人、年輕人，還是小孩子都一樣。頭戴貝雷帽，臉上掛著太陽眼鏡的那個老人，還舉起枴杖，一邊揮舞，一邊

「哇、嘩嘩」地大聲喊著，此時我才發現那支枴杖是白色的。啊！那個老人是盲人嗎？眼睛看不見了，還那樣……

……這到底是怎麼一回事啊！

他們是怎麼了？

他們為什麼會有這樣的行為……？

站在道口前面的深泥丘醫院的女護士也和他們一樣，高舉著雙手，露出紅色外套的下襬，嘩、嘩、嘩地不斷發出歡呼聲，如癡如醉般地狂舞著。

我一直倒退到馬路的邊緣，幾乎是身體向後仰地看著這異樣的場面。

就這樣，「那個」終於來了。

「那個」像黑色的旋風般通過了，即使我集中了所有的神經，也無法描述出「它」的形狀或構造的細節。不過，不知道為什麼，當「它」震動地殼，發出隆隆的聲音經過時，有一股花香般的甜甜氣味……

另一方面……

迎接「那個」的人們的熱情，也達到最高點了。

拿著照相機或其他攝影器材的人們紛紛放下手中的東西，他們像著魔般高舉雙手，並且拚命揮舞著雙手，手舞足蹈，還發出瘋狂的歡呼聲。

從「那個」的側腹部凸出的黑色腳——像黑色的腳——在「那個」快速通過的同時，掃過了幾個人的身體。

結果——

血色的煙霧飛舞，那些人的頭瞬間飛到天空，大量的鮮血從他們的傷口往上噴出，他們的雙手卻從高高舉起的姿勢，像在跳著奇怪的舞般，軟軟地頹然垂下來。

可是，即使這樣，人們還是不為所動，也不害怕。往上噴出的血與冒出來的煙混在一起所形成的不祥顏色，覆蓋了眼前的風景。人們的嘴裡還是發出歡呼聲，手還是瘋狂地揮舞著。

7

「那個」經過的黃昏裡，只留下熱鬧的祭典之後的寂靜。

過了好一會兒，我才好不容易地從茫然的忘我之中醒過來，然後戰戰兢兢地靠近蹲在道口前的那個女人旁邊。她的頭還好好的與她的身體連接在一起，但是，她的臉上因為四處飛散的血，而有著紅黑色的汙漬。

「那個……咲谷小姐。」我小聲地說。「剛才到底是……」

她不回答我，也不轉頭看我，只是滿臉陶醉、目不轉睛地看著半空中。我看看周圍的情形，其他人的樣子幾乎都和她一樣。

時間流動的速度比想像中的更快，高密度的黑暗包圍了悚然佇立的我。那個變化讓我完全無法好好地觀察四周的情形，我只能一邊努力讓自己的身體不要發抖，一邊認真地擺動脖子。

當然了——

當然的，對，剛才發生的事一定是「搞錯了什麼」！我果然得了慢性的精神壓力症嗎？突然的異常狀況引發我的神經質……一定是這樣的——對，當然是這樣的。

從嘴巴裡吐出來的氣息，像在寒冬的季節時一樣，凍成了白色的煙霧。

下個不停的雨

1

整理書房的時候，發現了一張老照片，那張照片被放在櫥子的抽屜裡，夾在從前的一些文件與資料之中。

那是一張四乘三的黑白照片。

照片背面的四個角落上有漿糊的痕跡，這應該可以視為以前曾經黏貼在照片簿上的證據。不過，不知道為什麼，我對那張照片的記憶非常模糊。

照片裡有一個四歲左右的男孩子，應該就是我，所以說那是大約四十年前拍的。可是，我以前看過這張照片嗎？

拍攝照片的人，是八年前過世的父親吧！

父親年輕時曾經夢想當攝影師，後來雖然不能如願，卻還是常常把玩照相機。在彩色照片成為照片主流前，他在自己的家裡布置了暗房，自己沖洗底片、顯像，那張照片一定是父親在那個時期拍攝出來的東西。

因為是黑白照片，所以不清楚原始的顏色到底是什麼。照片中的我穿著兒童雨衣與長筒雨鞋，手裡還緊緊握著雨傘，獨自站在畫面的中央。地點是某一條河的河邊，遠處有一道架在河上、模模糊糊的橋。

是一張十分灰暗的照片。

惡劣的天氣當然是造成畫面灰暗的第一個理由，而站在那裡的我的表情，也非常的陰沉，我的表情……看起來很悲傷，一副擔心害怕的樣子。

照片勾起了我的懷念之情，但在懷念之情中，還夾雜著不知道該怎麼說的無奈情緒。——不過，關於照片的記憶，我仍然覺得很模糊。從照片上的年齡看來，我不記得被拍的時候是可以理解的事情，只是，為什麼我總覺得以前沒有見過這張照片呢？

盯著照片看了好一會兒後，我才注意到一件事，那就是照片遠景的橋下面，好像有著奇怪的人影。

人影很小，而且很模糊，所以看不清楚人影的姿態，但很像是把什麼東西從橋上垂吊下去的樣子。或許那只是照片上的汙點吧？也有可能是光的惡作劇，很湊巧地把什麼東西的影子拍進去了，也很像是底片上有瑕疵或灰塵所形成的影子。

如果是平常的我，才不會在意這張照片，但是不知為什麼，此時我卻很在意，總覺得靜不下心……因此，我翻來覆去把那張照片看了又看。

2

雨持續下了好幾天。

因為是梅雨季節，所以也無可奈何，不過，雨竟然可以這樣下個不停，讓人不得不訝異大氣層裡竟然可以積蓄這麼多的水氣。

雖然為了健康而必須出門去散步，但遇到這樣的天氣，我也變得不想出門了。可是以寫作為職業的人，搞不好就會因此陷入整天把自己關在家裡聽雨聲的窘境，長久以後就會變得委靡不振了。不，不僅會委靡不振，好像還有莫名的不安和焦躁的情緒，不斷地冒上心頭。

今天也是從一早就開始下雨了。

打開帶著濕氣的報紙，一排雨傘整整齊齊地被印刷在天氣預報欄的位置上——唉！不能給一個好天氣嗎？

「不能給個好天氣嗎？」

妻子站在窗邊，看著窗外喃喃地說著，她吐出來的氣息裡也有濕氣。

「下這麼多雨會不好呢！已經下好幾天了。」

「已經下兩個星期以上了。」我看著牆壁上的月曆說。「恐怕接近二十天了。」

「會不好呢！」

妻子仍舊看著窗外，反覆說著相同的話。

「真是的！就不能給個好天氣嗎？……很不好呢！真的會不好呢！」

到底是什麼事情「會不好」呢？我的心裡浮出這樣的疑問，不過這個疑問只在我的腦子裡一閃即逝。

「對了——」我把剛才在書房裡發現的照片遞給妻子看。「妳覺得這是什麼？」

妻子接過照片，看著照片，然後稍微歪著頭，說：

「這是很久以前的照片吧！是爸爸拍的嗎？」

「——我想是的。」

「這條河大概是黑鷺川吧。」

「——是嗎？」

黑鷺川是位於市東地區的河，它是一條南北流向的一級河川，離我現在住的房子，步行的距離大約是二、三十分鐘。

「你不覺得嗎？」妻子把照片拿到眼前端詳，說：「這座橋也……看，現在也還在，不是嗎？在貓大路通的北側，是一座半圓形的拱橋。」

「唔，聽妳這麼一說……」

那是座行人專用的橋，現在也還在那一帶。照片裡橋的形狀，確實好像是在畫半圓形的彎曲形狀，也就是所謂的「太鼓橋」。

「不過，照片上的你表情很鬱悶呢！一副要哭出來的模樣。」

「我完全不記得拍照時的情形了。不過，我比較在意的是在我後面橋下的奇怪人影，妳看到了嗎？」

「啊，真的有耶！」

妻子把照片放在桌子上，好像在俯視全體般，瞇起眼睛看著。

「唔，怪怪的。好像是靈異照片。」

完全不相信「鬼神」或「超自然現象」的妻子，竟然會說出「靈異照片」這樣的話，實在太出乎我的意料了，因此我覺得她一定是在開玩笑。

「這張照片大概是四十年前拍的吧！說不定是……現在這個季節拍的。」妻子斜眼看著我的反應，一邊說道：「搞不好是拍到『那個』了。」

「『那個』？」我不解地問。「什麼呀？妳說的『那個』是什麼？」

「你不知道嗎？」

「不知道。」

「你住在這個城市的時間比我還久呢！」

啊？這句話的意思和前面的話不是一樣嗎？我還是不懂。

「唔，那個……」

因為不知道要怎麼反應妻子的話，所以我移開了視線，妻子也不再說什麼，仍舊靠在窗邊，看著外面的雨。我伸出手，想拿起桌子上的照片，就在這個時候——

嗚哇——！世界開始劇烈地搖晃起來了，已經好幾個月不曾有這麼強烈的暈眩了。

我受不了地雙手按著桌子，一屁股坐到椅子上，接著是——

嘰、嘰咿咿……外面的雨聲裡夾雜著陌生的鳥啼聲，傳進了我的耳朵裡——我覺得是這樣。

3

翌日、翌日的翌日，雨依舊是從早下到晚，我整天待在家裡，一步也沒有離開家門。

接下來的翌日也是早上就開始下雨了。我心裡想著：今天是連續下雨的第二十一天吧？可是今天下午有事情，我一定要外出了，因為我要去深泥丘醫院。

前天和昨天也各發生一次暈眩的情況，嚴重的程度雖然不如三天前那麼強烈，持續的時間也不像以前那麼久，但是我覺得還是去醫院，讓醫生了解一下我的狀況比較好。

「一定不會有問題的啦。」

我要出門的時候，妻子對我說。

「一直在下雨，任何人都會心裡不舒服，連帶也會覺得身體不舒服，你的問題一定也是這樣。」

「是嗎？」

「最近我也覺得不太舒服，就不能給個好天氣嗎？……這樣真的會不好呢！」

4

「這個雨……會不好呢！」

「是呀！已經下了三個星期了，還在下……」

深泥丘醫院不明亮的候診室裡，兩名病患小聲交談的聲音鑽進我的耳朵裡。其中一個和我年紀相當，另外一個應該比我年長幾歲吧！兩個人好像都是住在附近的家庭主婦。

「……好像不認真考慮不行了。」

「是呀！真是該……」

「在為時已晚之前……」

「今天晚上或是明天就必須決定呢！」

「一定有很多人都是那麼想的吧？」

「我們家的情況是老爺爺和小孩子的問題。」

「小孩子比較好講話吧！」

「是呀！可是，那樣有點對不起小孩。」

「說得也是呢！」

「我家的老爺爺近來腦子愈來愈不清楚了，看來沒有多少日子了……」

這個時候，突然有人來傳喚和我年齡相仿的婦人進診療室，她們的談話便就此中斷，剩下來的那個年紀比較大的婦人眼睛滴溜地轉了轉，環視著周圍，發現我好像聽到她們的對話後，還深深地嘆了一口氣。

5

「這個雨可真會下！」

石倉醫生一開口就這麼說。戴在左眼上的茶綠色眼罩今天好像特別癢似的，只見他頻頻搔動眼罩。

「雨一直下不停的話，情況會變得很糟糕吧！住在這邊的人的情緒，一天比一天焦躁、不安了呢！你也一樣吧？」

「嗯，是的。」

焦躁、不安……因為心中的感受一下子就被說中，所以我非常驚訝。

「如果我沒有記錯的話，已經有四十年不曾下過這麼長久的雨了。」

隔了四十年嗎？

我突然想起三天前在書房裡看到的那張照片——那張拍到奇怪影子的照片，也想起看到照片時的感覺。

「——怎麼了？今天有什麼事嗎？」

「嗯，是這樣的，我又暈眩了……」

聽我說完三天前的症狀後，石倉醫生「唔唔唔」地點點頭，然後說：

「唔，不用這麼擔心吧！」

醫生很快地接著陳述自己的看法：

「我認為你的情況基本上和上次一樣，也是因為壓力而引起的自律神經問題──你努力讓自己過規律性的生活了嗎？」

「有，盡量讓自己的作息正常了。」

「有適度的做運動了嗎？」

「因為連續下雨的關係，所以最近連散步也沒有……」

「還在抽菸嗎？」

「是……因為戒不掉。」

「我明白了。」

醫生又一邊抓抓眼罩、一邊說：

「下這樣的雨，誰也沒有辦法吧？我開給你和上次相同的藥，先吃兩、三天看看，如果症狀沒有改變，還是一樣的話，就再安排一次詳細的檢查吧！」

「麻煩醫生了。」

石倉醫生把檢查的結果寫進病歷表後，再次目不轉睛地看著我的臉。

「你的工作很忙嗎？」他問。

「是，託福，一直都有工作在忙。」

「我常常看到你的名字，但是最近幾乎找不出看小說的時間，所以……」

「啊，沒有關係，不要放在心上。」

「我認為你做的是一種壓力很大的工作，如果把健康問題擺在第一位的話，最好能夠暫時停止寫作的工作。」

不用醫生說我也知道，而且還常常想要結束現在這種壓力沉重的工作。可是，目前的情況實在不允許我說收手就收手。

大概是發現到我一臉為難的表情，醫生露出溫和的笑容，說：

「沒關係，不要想太多，想太多就不好了。或許雨停了以後，你這次的症狀就會自動好轉。」

「雨停了就會好嗎？」

聽醫生的口氣，他好像知道些什麼。

「那個……醫生。」

換我提出問題了。

「為什麼一直下雨會不好呢？最近老是聽到『一直下雨的話，會不好呢！』這樣的話。」

醫生聽到我的問題，露出感到不可思議的表情，說：

「這一帶如果下雨下太久的話，一定會有不好的事發生，因為大家都知道這一點，所以才會那麼說。」

「到底會有什麼不好的事？」

「水災呀！」醫生理所當然地回答我。

「從以前的平安時代開始，這個地區就一再遭受到水災之苦。黑鷺川曾經氾濫成災，山手的山谷附近也發生過土石流的災難，每次發生災難時，都有人因此喪失生命——你，不知道這種情形嗎？」

「啊，唔？」

我心虛了，便模稜兩可地回應著。

「不是的，那個，是……」

「所幸這半個世紀以來沒有發生什麼特別大的水災。不過，這次連續下了二十天以上的雨，一般人難免都會想起以前發生過的災難，因而產生了恐懼的心理。大約有四十年不曾下過這麼久的雨了，霪雨不止，潛藏在內心的不安與焦躁，就會一直膨脹起來，因此……」

我更加煩惱起來了。

醫生所說的本地歷史，我怎麼都不知道呢？而且，在不知道那些歷史的情況下，我的情況卻真的如醫生說的那樣，因為下個不停的雨聲，讓心裡的不安與焦躁就愈來愈膨脹。為什麼會這樣呢？

「土地的記憶會滲透到住在這片土地上的人民內心裡。」

好像看透我心裡的想法似的，石倉醫生如此說了。

「至於會滲透到什麼樣的程度，那就因人而異了。」

6

當我向石倉醫生道完謝，正要站起來的時候，那個叫咲谷的年輕女護士正好走進診療室。她帶著爽朗的笑容對我點點頭，然後走到醫生的身邊，低聲向醫生報告道：

「四一五號的小林先生剛剛過世了。」

醫生臉上的表情一點變化也沒有，回答了「噢」之後，問道：

「他的家人呢？」

「馬上就會去通知他的家人。」

「小林家是這附近的老居民了。」

「是的，我想他們一定會了解的。」

「昨天去世的那兩個人怎麼處理了？」

「他們兩個人的家人終於能夠理解，也已經同意過幾天後再把遺體送回去的處理方式了。」

「那樣就好。」

……他們到底在說什麼呀？

要解剖遺體嗎？是某個大學醫院要把病人的遺體，拿來當作解剖實習課的教材嗎？或許是這類的事情。

「那麼，請好好照顧自己了。」

醫生對我說，然後好像在清喉嚨般，輕輕咳了兩聲，我知道他是在暗示我該出去了，所以我連忙站起來——

「還有多少具……可能的話……從別的……調度……」

「床單和繩子的……」

「如果不夠的話，看看可以從哪裡……」

「無論如何……明天晚上以前……」

在關上診療室的門，走出診療室之前，我斷斷續續地聽到醫生和護士的這些交談。

7

那天晚上，我把在醫院裡醫生說的話，說給妻子聽。結果妻子皺皺眉頭，一副「怎麼還這樣呀」的表情，說：

「真是的！你住在這邊的時間明明比我還久，卻……什麼都不記得。」

聽到她的話，我也只能問自己是怎麼了。

我是——

我到底是原本就不知道那些事，還是原本是知道的，但是現在忘記了？或者是……

我也很在意三天前找到的那張舊照片，我對那張照片的記憶也很模糊，會不會和這件事有什麼關係呢？

「對了，對了。」妻子換了一個語氣說：「後面馬路的轉角處，就是明智家，那一家的主人好像昨天晚上自殺了。」

「自殺？」

雖然是完全不認識的人，但因為是住在附近的人所發生的事情，所以還是忍不住地覺得很震驚。

「為什麼呢？」

「明智家的主人好像在氣象局上班，還擁有預報天氣的預報員執照，所以……聽說是因為責任感，才上吊自殺的。」

「責任感？」

我覺得心裡有種說不出的不舒服感，便接著問道：

「因為雨下個不停嗎？」

「或許吧。」

妻子隨口回答後，目光投向已經開著的電視畫面，此時正好在播報氣象。根據氣象預報，這個地區明天還是會下雨。

雖然服用了醫生給的藥，就寢前仍然感覺到輕微的暈眩，平躺在床上時，藥也沒有發揮作用，世界好像以我為中心似的，緩慢地轉動著——

我突然又從下個不停的雨聲裡，聽到了嘰咿咿……的聲音——聽起來很像是不曾聽過的鳥叫聲。

8

翌日的黃昏我有一個約會，要和某出版社的責任編輯吃飯和討論工作的事情。天空的模樣如昨天的氣象預報，仍然是讓人不想外出的天氣，可是這個約會是早就約定好的，不能隨隨便便說取消就取消。

很奇妙的，在和許久沒有見面的編輯交談當中，我一直緊繃的心竟然漸漸放鬆了。我在心情放鬆的情況下喝了不少酒，很久沒有喝這麼多酒了。時間在說說鬧鬧中過去，我在醉得完全不省人事前上了計程車，這時已經是深夜兩點了。

告訴司機先生目的地後，便把後腦勺靠在後座的椅背高處。很快地，眼前的景物愈來愈模糊，漸漸失去了輪廓——我覺得是這樣。

我的意識深陷在黑夜的底層。

意識滑溜到最底層後，便開始反轉急速往上浮起，一瞬間便飆到天空上，以猛烈的速度盤旋在淅瀝瀝下個不停的雨中。

不知何時我已經與一隻巨鳥同化，拍動著融入黑暗夜色中的異形翅膀。

嘰咿——！尖銳的鳥叫聲震撼了無數的雨滴，劃破了黑夜。

嘰咿、嘰咿咿……！

巨鳥盤旋的速度緩慢下來，開始往深夜的市區裡下降。

熟悉的建築物影子漸漸逼近到眼前。那是蓋在緩坡上的四層樓鋼筋水泥建築物——深泥丘醫院。雖然是黑暗的夜裡，還是可以清清楚楚的看到。

巨鳥要降落在醫院的屋頂上。

冷冷清清的水泥地屋頂。但是，在那樣的屋頂的中央，卻有一座純日本式的木造閣樓，形狀很像是神社的殿堂。而且——

閣樓的屋頂頂端，懸掛著幾個奇怪的東西。

「那些東西」到底是什麼呀？有什麼意義嗎？我沒有足夠的時間可以思考這個問題。

嘰咿咿咿——！

巨鳥發出更加尖銳的叫聲，猛撲向「那些東西」中的一個。

像怪物般的黑色鳥嘴緊緊咬住從屋頂懸掛著「那個」的繩子，並且像銳利的刀刃般，瞬間割斷了繩子，然後快速地咬住繩子的一端，「那個」便垂吊在繩子的下方，不停搖晃。巨鳥再度揮舞強而有力的翅膀，飛向夜空……

巨鳥在持續不斷的雨中朝著目的地飛去，至於目的地到底是哪裡？這時我已經有大概的預感了。

是黑鷺川。

架在那條河上的半圓形拱橋，就是這隻巨鳥的目的地，而且會在那裡……

……場景突然轉換了。

意識回來了。

好像要墜入絕望般，我覺得自己在虛無之中一直往下墜落……啊！我突然張開眼睛，意識到自己還在計程車裡面。

張望一下車內，雙手摸摸身體，再看看手錶，上車還不到十分鐘。

剛才那是……？

那是什麼呀？剛才那個奇怪的……

不管是眼前的景物，還是腦子裡的影像，都在緩慢而不規則地持續搖晃，不是喝醉的關係，也不是暈眩發作了。

「那個……對不起，我要改變去的地方。」

我結結巴巴地告訴計程車司機：

「請你沿著黑鷺川的堤防，到貓大路通附近……拜託了。」

9

「到這裡就可以了。」

我讓計程車停在沒有民房的堤防邊上，雨一直下個不停，我竟然要在這樣的地方下車，司機一定覺得我很奇怪吧！

「在這裡就好了，就是這裡——謝謝。」

沒有拿司機找給我的錢，我就下車了。

才一下車，斜斜的雨就迎面打來，我趕緊撐開雨傘，但是撐傘也沒有用了，因為才十秒的短暫時間裡，我已經半身全濕了。

就是這附近了。我如此想著。

從這裡往北走一點點的地方，那裡就是那座半圓形的拱橋……

收起沒有幫到忙的雨傘，我獨自走在街燈光亮極為稀疏的路上，不知道從堤防下到河邊的石階在哪裡，但是應該就在這附近。

果然，看到石階了。但是——

站在石階上往下看河川時，我嚇得呆住了。

水面……

河水暴漲，平常附近居民休閒的場所，已經完全不見了。

只有黑漆漆的濁流，流勢非常洶湧，水聲與雨聲融合的聲音震撼著黑夜。

在我的記憶裡，黑鷺川的水面從來沒有漲到這樣的高度。

如果水位繼續上升的話，就會發生決堤的情況，一想到這點，我就不寒而慄。

我壓抑著想要趕快離開這個地方的想法，沿著道路往北走。

不久之後，看到我的目的地了——橋。

架在黑鷺川濁流上的老舊半圓形拱橋。

四十年前拍的那張照片裡的橋……

我一邊用手背拭去打在臉上的雨水，一邊在黑暗中凝視橋的模樣。

接著，我看到了——

有幾個奇怪的東西從橋的欄杆上往河面垂懸——啊！對了，四十年前拍照的那一天，這座橋上一定也懸掛著「那個」……

我極盡目力的看著那裡。

每一個都一樣，大大的白色床單從頭覆蓋，脖子上纏繞著繩子……

……正是「那個」。

那是屍體，人類的屍體。

好幾具人類的屍體以相同的姿勢，被吊在那座橋上。

不用多想，靠著視覺我就知道「那個」到底是什麼，代表著什麼意思了，我不得不知道。

為了讓下個不停的雨停下來，幾百年來這個地方一直持續著「那個」的事情……

那是誰都知道的事情。

「材料」或「尺寸」雖然有很大的差異，但是，只要是這個地方的人，還是小孩子的時候就知道的「那個」……

嘰咿咿咿咿——！

我聽到頭上傳來尖銳的鳥叫聲。

可是抬頭看卻不見鳥的身影，只依稀感覺到融入黑暗中的巨大翅膀在揮動。

10

翌日，從早晨起，天空就一片晴朗了。

我帶著好久沒有的爽快心情，獨自在午後出去散步，耀眼的初夏陽光下，到處都有人家在自家的陽臺上晾起白色的床單，床單隨風招展。那麼——

既然出來了，今天要不要多走一點路越過深泥丘，到可以看到如呂塚線軌道的地方走走呢？

惡靈附身

1

這個世界上沒有無法理解的事情——這句話大概是現今日本最有名的舊書店的口頭禪。

可是，真的是那樣嗎？最近我常常這樣懷疑著。

真的是那樣嗎？

事實上，這個世界上不是有許多科學或理論無法解釋清楚的事情嗎？

不，不應該是那樣。——多年來以創作正統派推理小說為主業的我，絕對要否認那樣的說法。可是，我最近卻認真地懷疑起這個信念了。

真的是那樣嗎？

已經年過四十五的我，因為那一年——二〇〇X年秋末發生的那個事件，意外地撼動了我長期以來屹立不搖的世界觀。

2

深蔭川是流過我住的城市東區的河流，它是一級河川黑鷺川的支流。深蔭川是非常小的河流，所以如果不是當地人，大概不會知道它的名字。

相對於南北流勢、縱貫城市的黑鷺川，深蔭川起源於東邊的紅叡山深處，流過山谷後穿入市區，再匯入主流。它的河面不寬，平常的水流量也不大，但是每次一遇到大雨，就會氾濫成災，傳出它給河的兩岸帶來災難的消息。

十一月中旬的某個星期三早上，深蔭川的河面上浮著一具屍體，那是人類的屍體，而且——

第一個發現屍體的人就是我。

早晨的散步活動，是我最近的習慣，這個習慣已經持續一段時間了。那一天我心血來潮，散步的路線延伸到深蔭川的上游，因此看到了「那個」。

二十幾歲的後半成為了職業作家，不知道是幸還是不幸，專門寫與殺人有關的推理小說的我，在真實的生活裡，從來沒有遇過類似推理小說裡的「事件」，也沒有見過人類的「不自然屍體」。別說是他殺的屍體，我連自殺或交通等意外身亡的屍體也沒有見過。在推理小說裡登場的推理作家，往往也會被捲入兇惡的命案之中，不過，現實世界裡的推理作家，其實就像我這樣。

所以，看到深蔭川上漂浮的屍體時，我真的非常吃驚。但是老實說，最初看到那具屍體的時候，根本搞不清楚那是什麼東西。

我從坐落在山腳下的社區外圍開始，沿著河邊的路走，還走不到十分鐘，就發現了那具屍體。

走到那邊的路，是禁止車輛進入、沒有鋪設柏油路面的步道。走進步道不久，路就分岔成兩條，一條是通往紅叡山登山道路的路，另外一條路則沿著河，經過沿岸的山谷，最後到達蓋在上游的攔砂壩。後者很有「山間溪流」的風景，是附近居民平日非常喜愛的散步路程。

天亮沒多久，我就從家裡出發，那時應該是早晨六點半左右吧！因為是黎明的時間，所以散步的路上只有我一個，沒有別人了。

雖然是氣候晴朗、秋高氣爽的好天氣，但是前一天午後下了一場雨，所以此時河水的水位比平日高，平常可以讓人戲水的河岸，現在都被混濁的水流淹蓋了。我停下腳步，讓自己置身在比平日洶湧的水聲，與從周圍的森林飛降下來的野鳥啁啾聲中，視線飄向河的那邊。

我突然發現自己視線範圍內的某個角落有一個東西。

那是什麼……？那個東西和這個清爽的早晨非常不協調，感覺是十分殺風景的物品。那個……是什麼呢？那是……？

浮在水面上的「那個」……看起來很像是一件淺褐色的外套或是什麼的物品。水面上怎麼會漂浮著那樣的東西呢？那是被人丟到水裡的東西嗎？還是不小心掉到河裡的？……當時我的腦子只能想到這一點。「那個」東西被河面上的浮木勾住了嗎？「它」並沒有繼續往前流動，而是固定地停在灰暗的綠色水面上，不安定地擺動著。

因為覺得奇怪，所以我往前走了幾步，目不轉睛地注視著「那個」，進而看到水面上有擴散開來，像黑色頭髮般的東西。

難道是……？一想到「那個可能性」，我驚慌失措地左右張望。

就在這個時候，突然傳來狗叫聲，我回頭一看，一位帶著褐色中型犬的半老男人，已經走上了步道。

「怎麼了嗎？」

對方發聲問我，並且發出「噓」的聲音，制止狗的吠叫，然後以不變的步伐，朝著我走來。

「那個。」我伸出手臂，指著河面說：「那邊的水面上浮著一個東西，我正在想那是什麼，該不會是……」

「唔？」男人歪著頭，瞇起眼睛，順著我的手指指的方向看去——果然，一看之後，他的臉上露出驚訝和困惑的表情，說：

「哎呀！這可不得了！」

「是人體嗎？那果然是人體吧？」

我隱藏了驚慌失措的神情，以連我自己都覺得滿不在乎的口吻說著。

那人——從披散著的頭髮長度看來，大概是一名女性——身上穿著外套。在這樣的時間裡，浮在河面上。因為看不出那人有任何自主性的動作，所以只能認為她已經死了。但是，或許她有萬分之一還活著的可能性，那麼一定得救她才行。

然而，此時魯莽地飛奔到河裡救人，根本是一種自殺的行為，因為暴漲的河水水勢洶湧，根本無法與之抗衡。再加上現在已經是秋末的季節，流經山間的河水水溫很低，置身在那樣的河水中，應該有生命的危險吧！

「啊！喝！」

男人突然大聲怒喝。

一看，原本是一隻大烏鴉從空中飛舞下來，停在那件在河面上搖擺、浮沉的淺褐色外套上面，羽毛黑得發亮的鳥，讓人的腦子裡不禁浮起鳥類「啄食屍肉」的畫面。

「喂，別亂來。」

男人一邊發出怒吼聲，一邊用小石頭丟烏鴉。在他身旁的狗也狂吠不已。

3

我用我的手機打電話報警。

回想起來，以前我只在學生時代打過一次一一〇的電話號碼，那時是因為騎機車發生了輕微的意外，所以打電話時非常緊張，不太能夠把心裡想說的話完整地說出來。不過雖然如此，不久之後警察還是來了。

警察來的時候，看守著那具屍體的人除了我與帶著狗的男人外，還有後來散步到此的三個人。那三個人也都是附近的居民，其中有兩個人是我認識的一對老夫婦。

水裡的那個人還活著嗎？不去救人沒關係嗎？誰也沒有說出這些話，大概都認為沒有那種可能性吧！我的心裡如此認定著。因為從不管怎麼趕也趕不走，一再飛近的烏鴉看來，事實應該就是那樣。

警察們來了之後，好幾個人合力，大約花費了一個小時左右的時間，才好不容易從河裡撈起屍體。

警察在打撈屍體的時候，我們的情緒都很緊張，只能看著警方的行動，無法參與打撈的工作。我認識的那對老夫婦中的太太因為覺得身體不舒服，便先回去了。我和那個帶著狗的男人在警察的指示下，把發現屍體的經過，詳細地說了一次給警方聽。晚秋的早晨天氣冷得好像已經進入冬天，我把雙手插進夾克的口袋裡，雙腳不停地原地踏步，忍不住懊惱出門的時候沒有帶著暖暖包。

還有——

警察竟然叫我去確認被打撈上來，平躺在擔架上的屍體，這讓我感到十分困惑。

「看來是淹死的，應該是在上游的地方落水之後，再漂流到這裡的。」

一名警官如此說明道。

「雖然身上並沒有什麼嚴重的外傷，但還是必須做詳細的調查，但從屍體的現狀看來，應該死沒多久，只有幾個小時而已。請仔細看看死者的臉，如果是你們認識的人，請告訴我們死者是誰。」

我怎麼可能會認識死者呢？——開始的時候我是這麼想的。但是幾秒鐘後，這個想法馬上就被我自己推翻了。

正如剛剛發現屍體時的猜測，死者果然是一名女性。

濕透的淺褐色短外套下面，是同樣濕透的黃色襯衫。警察一掀開蓋在死者臉上的布後，我看到的是一張沒有生氣的蒼白臉龐，濕濕的長髮貼在失去血色的臉頰、額頭上，半張開的嘴唇同樣一點血色也沒有。屍體的雙眼緊閉，讓我吃驚的是——

屍體的整張臉上，畫著好幾條異樣的線……

「……啊！」

我忍不住低聲輕呼。

啊！這個是……這個女人是……

站在我旁邊的，是帶著狗散步的中年男人和穿著慢跑裝的年輕男子，他們和我一樣注視著橫躺在擔架上的死者的臉。大概和我一樣，他們也是被警察叫來確認死者身分的吧！

年輕的男子一看到屍體，就一面搖頭、一面後退。

帶著狗的男人則是張開嘴巴，發出「噢」的聲音，然後說：「這個人是——」

「你認識嗎？」警察問那個男人。

「是和我住在同一個街區的……」男人一邊頻頻撫摸下巴，一邊回答：

「住在下面的鳶寺町的老房子……姓什麼來著呢？唔……好像是上田還是山口什麼的……」

是井上。我沒有出聲，只在心裡默默地這樣說。

是井上，井上奈緒美。

這就是她——這個死掉的女人的全名。

我知道這個人。

這個女人——井上奈緒美，三十四歲，和老母親同住，兩個人住在鳶寺町的一間獨棟樓房裡。沒錯，這具屍體——就是那個被＊＊＊＊附身的女人……

昨天晚上的深夜，或許她是在被＊＊＊＊＊附身的瘋狂情況下從家裡跑出去，跑到前面攔砂壩旁邊的那個洞穴裡，最後自己跳進暴漲的河水中……

這種情況並非不可能。

附身在她身上的＊＊＊＊＊一開始發作，她就會失去自己，陷入瘋狂的狀況，做出超出常軌的舉動。她會深夜在外面徘徊，也會做出令人無法相信的事情。三天前我便親眼看見她的奇怪行徑，我確實地看見了。

寶月清比古所進行的驅除惡靈的行動，似乎沒有發揮功效，所以她的身心一再受到＊＊＊＊＊的控制，以至於昨天晚上終於發生了讓她失去生命的不幸結果嗎？——我的這種說法或許會被指責為迷信的言論，但是我也只能點頭接受指責，因為我真的是這麼想的。愈有人否定這種想法，認為這是愚蠢的言論，我就愈相信事情就是這樣。

可是，就算如此——

為什麼呢？為什麼我會有這麼惡劣的感覺呢？

為什麼那個女人畫在臉上的線條顏色不一樣呢？

4

「＊＊＊＊＊」是惡靈的名字。用「妖魔」來稱呼「惡靈」，應該也無不可吧！

但是，為什麼我要用＊＊＊＊來代表惡靈呢？理由就是我不知道惡靈的正確名字。不過，就算我知道名字，也不可能把名字寫在這裡。其實最重要的問題是：我根本不認為可以用我們所能理解的表音文字或記號，來正確地表現惡靈的名字。

如果是「類似東西」的名字，那麼以前應該不只聽過一次，也曾經試著學習聽到的內容，把「類似東西」的名字說出來。雖然不能完全正確地發出相同的音了，但是至少可以學得很「類似」。不過，我就是不知道要如何用手邊的文字做表記。

所以，我才會在此使用「＊＊＊＊」這樣的記號，來表示那個東西，雖然這不是聰明的辦法，可是總還是一個辦法。使用＊＊＊＊的用意就在此，除此之外沒有別的用意了。

5

「＊＊＊＊是水妖的一種，說是水的惡靈，應該比較容易懂吧！」

深泥丘醫院的石倉醫生如此對我說明道。

「＊＊＊＊」

我學著醫生，嘗試用嘴巴發出相同的音，可是，就是發不出那樣的音。那不像我所知道的任何國家的語言，是我從來沒有聽過的聲音連結。至少醫生所發出來的子音和母音，我覺得並不存在於我所知道的語言裡。

「你不知道嗎？」

石倉醫生一邊摸著左眼上的茶綠色眼罩，一邊問我。我感覺到他語氣裡的微妙情感，好像很訝異我為什麼會不知道。

「我今天才知道。」我很老實地說：「水的惡靈，是嗎？唔……」

「雖然說是＊＊＊，其實這也不是正確的名字，只是為了方便說所使用的近似名字。我也不知道『那個東西』的正確名字，而且即使知道了，也絕對不能說出來，因為『那個就是那樣存在的』，這樣明白了嗎？」

「唔……是。」

我雖然點頭，其實一點也不明白。

不管是「水妖」還是「水的惡靈」，聽到那樣的名字後，腦子裡首先想到的就是河童。「河童是妖怪，不是惡靈」，或許會有人這樣糾正我，可是我馬上聯想到的就是這樣，這是無可奈何的事。

接著想到的是人魚或半魚人。說到半魚人，全世界最著名的大概就是環球影業公司拍攝的「大亞馬遜的半魚人」吧？不過，霍華德．菲利普．洛夫克拉夫特的小說《印斯茅斯鎮之影》，在很久以前就讓我印象深刻了。再說到印斯茅斯，就是統治那個港口小鎮的克蘇魯之神，就是父神達貢[1]——就這樣，我的想像力無邊無際地擴展著。

【本書註釋全為譯註】

1 霍華德．菲利普．洛夫克拉夫特（Howard Phillips Lovecraft）是知名的恐怖小說家，他的小說《印斯茅斯鎮之影》（*The Shadow Over Innsmouth*）中，創造了克蘇魯神話。其中的父神達貢（Dagon）是來自美索不達米亞、半人半魚的神祇。

「什麼？」我反問醫生：「你說有一個女人被那個惡靈附身了？」

「是的。」

石倉醫生皺著眉頭回答，他的樣子一點也不像在開玩笑。

一直以來我都把「附身的邪魔」或「惡靈附身」這種事情，視為迷信的產物。這是理所當然的，不是嗎？雖然古時候就有被「狐附身」或「狸附身」之類的傳說，但我並不認為那是什麼超自然的靈異現象，而認為是一種可以用精神醫學來解釋的「心理疾病」。即使是有名的電影「大法師」裡的「惡魔附體」，最後還是用了基督教特有的宗教精神與風土習俗，來為那樣的現象做解釋。因此，不管是「惡靈附身」還是「惡魔附體」，基本上的結構都是一樣的吧！所以——

可是……

儘管醫生的回答讓我很困惑，但我認為醫生雖然談論著名叫「＊＊＊＊」，卻不知道真面目為何的東西，最後還是會把有那種狀況的人，歸類為特殊的精神病患者吧！

「那個女人原本是我的病人，今年春天做了消化器官的手術後，曾經短暫地住了幾天醫院。因為那只是一個簡單的手術，手術順利，術後的復原狀況也很正常，所以很快就出院了。出院以後再來做定期檢查時，也都很正常。但是，從夏天開始，她的情況突然變得很奇怪。」

醫生說這些話時，仍然是皺著眉頭的。

我插嘴問道：「『變得很奇怪』是什麼意思？像被惡靈附身那樣的情況嗎？」

「就是那樣。」

醫生毫不猶豫地點頭說。

「我也從腦神經科的角度，幫她看診好幾次，可是一點幫助也沒有，只好介紹我認識的精神科醫生給她。因為在我為她看診的過程中，我覺得她的情況可能是某種歇斯底里症，或者是精神分裂——最近的名稱是思覺失調症，應該去看專門治療精神疾病的醫生。」

「唔，原來如此。」

醫生所說的話，到目前為止都還在我能預料的範圍內。但是——

「可是，負責幫她看診與治療的Q大學附屬醫院的真佐木教授，卻治療不到兩個月就放棄了。真佐木教授說她的狀況不在自己研究的領域內。」

石倉醫生的手掌覆著眼罩，以非常認真的語氣說著。

「她沒有神經方面的毛病，也沒有精神病，她的問題不是狐或狸附身，而是被如假包換的＊＊＊＊附身了。」

6

我初次見到深泥丘醫院的石倉醫生，是去年春天、四月中旬的事。

正在散步中的我突然感到強烈的暈眩，於是連忙走進前面路上的醫院。那時幫我做檢查的，就是這位醫生。他的年紀和我差不多，也可能大我幾歲，是個身材健壯的男子，他有一個和他一樣戴著眼罩，但是戴的位置左右相反的雙胞胎哥哥或弟弟，他的兄弟也是深泥丘醫院的醫生，但是專長的科別不同。

從此以後，我一感到身體不舒服，就會來這家醫院找他商量，並且做定期的檢查。也就是說，他就是我現在在這家醫院的主治醫生。

一個星期前的那一天，我去深泥丘醫院看診的原因，並不是常常困擾著我的暈眩，而是最近我的睡眠狀況不太好，失眠的毛病好像有惡化的傾向，所以想請醫生開一些安眠藥給我。

我想在夜間門診結束前看診，所以來到醫院的候診室時，候診室裡除了我以外，沒有別的病患了。

醫生對我進行了簡單的問診，量了血壓什麼的之後，就決定了藥的處方。

「總之，壓力就是你最大的敵人，我知道你的工作比較特殊，但是還是請你盡量讓自己過著有規律的生活，並且做適度的運動。還有，最好不要抽菸……」

石倉醫生重複說著已經說過好幾次的勸告之言，但是他突然話鋒一轉，說了這樣的話：

「你對惡靈附身的話題有興趣嗎？有一個女人被＊＊＊＊附身了，最近要進行驅除惡靈的行動。」

7

聽到「惡靈附身」這種事情時，我應該只會一笑置之，並對那樣的事情感到不以為然吧！至少去年春天以前我一定是那樣的。可是，最近我的身邊發生了一些事情，所以我很難再抱持著不以為然的態度。

總之，就是最近——去年春天以來——我的周圍連續發生了幾件奇怪的事情，我個人覺得那些事情真的很奇怪……很奇妙、很不可思議，並且不能用這個世界的科學或理論來解釋。

首先是去年四月，我因為突然發生了強烈暈眩現象，為了消除一直在心中膨脹的不安感，便聽從石倉醫生的建議入院做檢查，結果經歷了一件可怕的事情——我覺得是那樣的。

明明才一年半左右前的事情，不知為何我卻已經記憶模糊，無法清楚地想起當時的情況了，只記得發生在我身上的事情很可怕，並且是非常識性的奇怪事情——我覺得是那樣的。

接著，是去年十月發生的事情。

越過深泥丘醫院所在的深泥丘後，有某個地方可以看到Q電鐵如呂塚線的電車軌道。某一天的黃昏時刻，有許多鐵道迷聚集在這條軌道的周圍。我在好奇心的驅使下，也走到那個地方去看看，結果在那裡看到了非常奇怪的景象——我覺得是那樣的。

雖然事過不滿一年，但我對於這件事情的記憶，卻已經相當模糊了。到底自己看到的是什麼奇怪的景象呢？就算我努力地回想那到底是什麼事，卻怎麼樣也想不清楚。但我相信自己確實看到了這個世界的常識所無法解釋的「事情」——我覺得是那樣的。

到了今年的梅雨季節，我再次碰到不同於之前的奇怪事情。我對這次的事情還有一些記憶，不過，雖然記憶不像前兩次那麼模糊，但我對那個現在能夠想起來的事情，充滿了「無法置信」的感覺。彷彿是：長久以來居住的這個城市，突然無聲無息地在自己站立的地方崩潰了。以前自己覺得很有把握的「現實」形狀，竟然變成只是「虛有其表的東西」，我怎麼可能不因此而煩惱呢……

「這個世界上沒有不可思議的事物，你是這麼想的嗎？」

石倉醫生發問的聲音，把我從沉思中拉回現實。我在沒有被眼罩遮住的醫生右眼裡，看到一點點笑意。

「雖然有點跟不上流行，但是最近也看了京極夏彥的小說。這次惡靈附身的事件，讓我不得不重新思考這個問題。」

「哦——」

「這個世界沒有不可思議的事物，真的可以這麼想嗎？真的能這樣相信嗎？」

「啊，這個……」

我閃躲醫生的視線，支支吾吾地回應。

「從事西洋醫學工作的我，竟然會說這樣的話，或許反而讓人覺得很奇怪。」

石倉醫生先做了這樣的聲明後，便直接地說了：

「這個世界上，存在著不可思議的事物，＊＊＊＊就是不可思議事物中的一個。她確實被『那樣的東西』附體了，所以發生了不管是精神醫學或社會科學都無法解釋的現象。能夠拯救她的，不是京極夏彥小說中所說的那種驅除附身的行為，而是必須請真正具有靈能力的人，來進行正式的除靈行動。」

8

我以前從來沒有聽過「寶月清比古」這個靈能者的名字。不，或許我以前曾經聽過一、兩次吧！不過，就算是聽過，但這個靈能者和我平常會關心的事情一點關係也沒有，所以這個名字完全不存在我的記憶當中並不奇怪。

根據石倉醫生的說法，寶月清比古是目前被這個國家的人認同的少數「真正具有靈能力的人」之一。

幾年前，他身上的「特殊能力」甦醒後，便開始到各地去解決超乎自然、超乎科學的種種困難，擁有相當的評價。靠著「特殊能力」解決問題所累積下來的名聲，如今他已成為大受歡迎的人物，想請他幫忙解決事情的人太多，所以好像不太容易請得到他。

這次驅除惡靈的行動，竟然能夠意外順利地請到他，完全是某位人士的居中斡旋之故。而這位人士就是在深泥丘醫院工作的女護士咲谷。她是一位年輕的護士，去年春天起，我也認識了她。

「聽說她和寶月氏的妹妹是高中同學。」石倉醫生說明道。

「那位姓寶月的靈能者是本地人嗎？」

「不是，聽說是東京人。咲谷在高中時代以前也住在東京，和寶月氏的妹妹是好朋友，至今都有往來，也認識那位寶月氏……」

所以，當她知道真佐木教授對那個病人也束手無策後，認為那個病人被「真正的惡靈附身」了，便居中幫忙聯絡，促成了請寶月氏為那個病人進行驅除惡靈的行動。

「那個被惡靈附身的病人的名字叫井上奈緒美。她三十四歲，未婚，和母親同住在鳶寺町。」

這樣洩漏病人的個人資料，不會有問題嗎？不過，再想一想，如果是被「真正的惡靈附身」了，那麼就不算是醫學上的生病，既然不是生病，就不算是「病人」，因為不是病人，也就沒有醫生必須保守病人祕密的義務了——或許這樣想就好了。

「這個星期天寶月氏要來這裡。請他來的人就是井上奈緒美的母親。寶月氏預定當天下午到井上奈緒美的家，為井上奈緒美舉行驅除惡靈的行動……」石倉醫生「唔」地停頓了一下，然後目不轉睛地看著我，說：

「怎麼樣？你有興趣嗎？」

「啊……不，那個。」我模稜兩可地回應著。

於是，醫生再一次追問道：

「你不想看看正式驅除惡靈的場面嗎？」

「啊，那個，不是……可是……」

為什麼要問完全是局外人的我呢？——我很難不思考這樣的問題。

「不知道這是寶月氏特有的作法，還是靈能者進行驅靈行動的一環。總之，寶月氏說驅靈的現場裡，必須有完全沒有利害關係的第三者在場。基於責任，我和真佐木教授也會在場，但是，嚴格說來，我和他都不是完全無關的第三者，所以……」

「要我？」

我感到輕微的暈眩，不禁手撫著額頭，問：

「要我在場嗎？」

「就是這個意思。」

石倉醫生馬上點頭回答。

「怎麼樣？不管你相不相信這種事，你都會看到難得一見的場面，不是嗎？這種事情應該足以勾起作家的興趣吧？」

「——唔，確實是。」

「星期天的下午有事嗎？」

「——沒有。」

「那麼，就這麼決定了。」

醫生那隻沒有被眼罩遮住的右眼，又得意地笑了。

「鳶寺町離你住的地方不遠吧？詳細的情況我會在前一天再和你聯絡的……」

9

那天晚上回家後，我告訴妻子醫生說的事情。

妻子對我說：「那是很難得的機會，你一定要去。」

根據妻子的說法，寶月清比古好像確實是一位相當被信任的靈能者，他不僅參加過電視談論靈能的節目，還出過好幾本書，也常常可以在雜誌上看到他的名字。

「那個人還很年輕，才三十歲左右吧！我曾經在某本雜誌上看過關於他的專訪報導。感覺上他沒有一般被稱為是靈能者的習性，所以給人的印象相當好，穿著和打扮也很平實，和普通人無異，但卻因此反而讓人覺得他很有說服力，是一個可以信賴的人……」

妻子的語氣一點也不像在開玩笑。

我刺探性地問妻子：「妳覺得他是『真的』嗎？」

結果妻子歪著頭，先說：「不知道耶。」然後又說：「聽說四年前他發生了一件從大樓的樓梯摔下來的意外災難，頭部受到重創，但是這個意外卻讓潛伏在他身體裡的『能力』覺醒了。」

「唔，好像常常能聽到這類事情。」

「他自己說了，在這之前，他沒有固定的工作，也不明白自己存在的價值，老是做一些毫無意義的事情，還說發生從樓梯摔下來的意外時，正是對自己感到失望，幾乎生活在自暴自棄中的時期，現在回想起那個時期，情緒就會變得很低落。正因為有那麼一段不振作的過去，所以他很想利用覺醒的『能力』幫助別人，好像也不會收取額外的費用……不管他是不是『真的靈能者』，基本上他有想幫助別人的想法，就是一件好事情。」

「嗯。」我心情複雜地回應著，並且斜眼偷窺妻子的表情。

我和妻子已經結婚數年了，但是她是從什麼時候開始，對紀實文學的「心靈現象」或「靈能者」的態度，變得這麼有彈性的？以前她對超自然現象的態度，一向比我更強硬，是一個絕對否定超自然現象的人。

「——不管怎麼說，重點是＊＊＊＊吧？」

她接著說出來的這句話，也讓我相當意外。我怎麼樣都發不出音的那個奇怪的名字，她竟然和石倉醫生一樣，很自然地就說出來了。

「妳知道？妳知道那個惡靈還是什麼邪魔什麼的？」

對於我的疑問，妻子張大了眼睛反問我：

「你不知道嗎？怎麼可能！」

「啊……嗯。」我不知所云地點了點頭。

於是妻子歪著頭問我：「你沒事吧？」又說：「你住在這個城市這麼久了，竟然不知道＊＊＊＊。」

「那個很有名嗎？」

「不是有沒有名的問題，那是常識呀！」

「……」

「我不敢說來驅除惡靈的靈能者是不是『真正的』靈能者，但是我覺得那個叫井上的女人被附體的事情，一定是事實。」

「妳為什麼這麼覺得？」

「因為以前也發生過好幾次了，不是嗎？尤其是這個地區，從很久以前就……」
妻子雖然這麼說，但是我仍然一點印象也沒有，此時我又感覺到輕微的暈眩了。我忍不住甩甩頭。
「****的真正名字，一定是從那個人的嘴巴裡說出來的，『那個東西』的正確名字原本是不被知道的，那個人很偶然地正確發出一般發不出來的音，所以……」
妻子的眼睛看著房間裡天花板與牆壁的交界處，嘴裡仍然緩緩地繼續述說我所不知道的「常識」。
「所以，她一定是被附體了。」

10

兩天後的星期五，我收到石倉醫生寄給我的電子郵件。
他在郵件裡告訴我：星期天要先在深泥丘醫院集合，然後再和寶月清比古等所有人員，一起前往目的地。信件裡除了通知集合的時間外，還慎重地寫上井上家的住址。
此外，醫生還寄了一個附加檔案，檔案裡面蒐集了問題人物——井上奈緒美的詳細個人資料。只是以觀察員的身分被邀請去參加除靈活動的我，有權利知道那麼多關於個人的事情嗎？我雖然有點猶豫，但還是瀏覽了那份文件。
我的這個行為雖然可以用「作家的習性」來解釋，但說穿了其實是「好事者的本性」在作怪。事已至此，我不再推三阻四，便認真地閱讀了那份文件。

那麼——

那份文件的大概內容如下：

井上奈緒美，三十四歲。

本地的公立高中畢業後，隻身前往東京，進入與服裝設計有關的專門學校就讀。二十歲出頭和一位比她年長的美容師結婚，但結婚不到兩年就婚姻破裂，沒有生小孩。

離婚後，她在一家經紀公司擔任活動派遣員，也是六本木一帶酒廊的紅牌小姐，那幾年做的都是使用花名的工作。

四年前她才從東京回到家鄉，並且住在現在的房子。她在本地經營小公司的父親正好在那個時候病逝了。她還有一個年長她五歲的姊姊，姊姊因為遠嫁到九州的福岡，和娘家的往來並不密切，所以奈緒美只得負起責任，和母親（現在六十六歲）生活在一起。

回到故鄉後，她遠離酒廊生意的工作，靠著父親生前的關係，受雇於本地的一家小企業，處理行政方面的工作。因為父親死後遺留下房子、土地及若干的財產，再加上母親也有老年年金，所以她們的生活並沒有因為父親逝世而發生問題。

——敘述完她上面的那些經歷後，文件裡便提到她今年春天到現在為止的一些「病況」。

奈緒美在深泥丘醫院接受了切除胃部息肉的手術，如同石倉醫生說的，手術很成功，細胞化驗的結果是良性的，術後的復原情況也很順利。可是，七月起，她開始有了奇怪的變化。

剛開始她在接受檢查時，會無意識地說著一些莫名其妙的話，並且有情緒不穩定的現象和奇怪的言行。她會毫無原因地突然放聲哭號，或突然悶不吭聲一語不發，也會突然像瘋了一樣地狂笑不已，或突然跑到洗臉臺洗頭髮……總之，隨著時間的經過，她的行為也愈來愈奇怪。根據照顧她的母親的說法，她在家裡的時候也是那樣，根本無法出去工作。

對她那種狀況一籌莫展的石倉醫生，只好將她介紹到Q大學醫院精神科，請那裡的真佐木教授治療她的病情。但那位教授也因她的狀況「不是自己的研究領域」而放棄治療，這些和石倉醫生之前說的一樣。

無論如何，看完了上述的那些資料，我不得不開始沉思。

＊＊＊＊到底是何方神聖呢？是水妖？是水的惡靈？水的魔鬼？……被「祂」附體的人，結果會如何呢？醫生們認定那是「真正的惡靈附身」的理由，是什麼呢？

我將在兩天後——星期日的下午，藉著親眼目睹的經驗，體會到這些問題的答案。

11

約定的時間是下午三點。過了三點沒多久，寶月清比古便出現在深泥丘醫院的玄關前面。

說到能夠驅除惡靈的靈能者，一般就會想到穿著法師裝扮的人物吧？但是，這位寶月清比古的樣子完全不是那麼一回事。

他穿著黑色毛衣、黑色牛仔褲和灰色軍裝外套，這些都是非常普通的服裝。正如妻子說的，他的穿著與打扮很平實，而他的長相也很普通，並無特別引人注意的地方，甚至看起來有點內向。不過，他那有點三白眼的眼光倒是頗銳利，如果用不好的用語來形容的話，他的眼光讓人想到蛇。

人員到齊後是五個人。

這五個人分別是石倉醫生、真佐木教授、寶月清比古、我，和那個女護士咲谷小姐。之前沒有聽說她也會來，所以看到她的時候，我有點吃驚。不過，再想想，她可以說是醫生和寶月清比古的介紹人，那麼理所當然地也會來吧！

「咲谷小姐，好久不見了。」

果然，寶月一看到她，臉上的表情馬上就變得柔和了。

「今天要麻煩妳了。」

「我們才要麻煩你呢！謝謝你大老遠到這裡來。」

慎重地道謝後，咲谷便一一介紹我們給寶月。按照順序，她從真佐木教授開始介紹起，接著是石倉醫生，然後才是我。

我和真佐木教授也是初次見面，在我的想像中，他可能是一個比較冷漠的人，但是見過面後，我發現他的言談溫和，是一位親切的老紳士。聽說他年近花甲，已經禿頂、像蛋一樣的頭型，看起來更像一位僧侶而不是精神科醫生。

「對了，寶月大師。」

為我們做完彼此的介紹後，年輕的女護士嘴角帶著一點點惡作劇的微笑說道。

「泉美有話要我轉告喔。」咲谷的語氣更加輕鬆地說：「知道你很忙，但是偶爾該回家看看。還有，回信的時候請認真一點──這就是她叫我轉告的事。」

寶月苦笑地回答：「是、是。」又說：「對不起啊！──請替我傳達這句話。」

「另外，」咲谷臉上惡作劇的笑意更深了。「她還說了：哥哥，你幹麼那麼保護自己呀？請你忘記以前失戀的事情，我會介紹好的女生給你認識的──以上，泉美敬上，給弘哥。」

寶月一邊偷偷地瞄著兩位醫生和我，一邊尷尬地聳聳肩膀。

「泉美那個傢伙……真是的！」

所謂的「泉美」一定是他妹妹的名字。但是，咲谷護士說的最後一個名字──「弘哥」是誰呢？

我的腦子有點混亂了。

如果直接在「泉美敬上，給弘哥。」的句子上做解釋的話，「寶月」等於「弘」，如此說來，清比古並不是他的本名。是這樣的嗎？

經過後來的確認，果然明白他的本名不是「清比古」，而是「弘」。至於姓氏也不是「寶月」，而是「忠野」。他的名字是忠野弘，妹妹的名字是忠野泉美。

總之，「寶月清比古」是藝名──因為是靈能者，所以應該說是「靈名」吧！大概認為「忠野弘」這個名字，並不適合用在不世出的靈能者身上吧！

順便一提，想出「寶月清比古」這個名字的人，據說就是他的妹妹泉美。從泉美託朋友傳話給哥哥的內容看來，她是一個很會替哥哥著想的妹妹。但是，說得不好聽一點，這個妹妹未免太愛管閒事了，不知道她哥哥是怎麼想的，如果我的妹妹是那樣的人，我一定會受不了的。想到這裡，我不禁悄悄地同情起這位哥哥。

12

我們坐著石倉醫生開的賓士廂型車，從醫院開往目的地。車子前進的途中，寶月清比古和真佐木教授做了一些交談。

「寶月先生，你知道多少有關於＊＊＊＊的事？以前遇到過＊＊＊＊嗎？」坐在副駕駛座上的教授如此發問。

於是，坐在後座的靈能者身體稍微向前傾，說道：

「很遺憾，以前從來沒有碰到與＊＊＊＊有關的事情。」他說。「根據你們給我的情報，我已經在我所能的範圍內，預先做過調查了，那好像是相當特殊的『東西』。」

「確實是特殊的『東西』，我手邊有相當數量的事例報告，而那些事例發生的地點幾乎都在這個地區和附近，別的地方看不到相同的事例……」

我一邊聽，一邊想起前幾日和妻子談論＊＊＊＊時，妻子所說的話：「尤其是這個地區，從很久以前就……」她的確這麼說了。

如果不能用「風土病」來形容的話，或許可以說那東西是「風土靈」吧？

「這個地區很久以前就有這樣的事例了？」

寶月反問教授。

「對，不過，也不是太久遠以前。第一個事例發生的時間是六十年前左右——大約是第二次世界大戰結束的時候，這是最早的事例紀錄。」

「原來如此，聽說被附體的原因是說出了『那個東西』的正確名字，真的是那樣嗎？」

「這個說法好像已經成為定論了。」

真佐木教授停頓了幾秒後，頭稍微向後轉，問說：

「對了，寶月先生，你知道如呂塚的遺跡嗎？」

「知道，那裡是很有名的古代遺跡，不過我沒有去過。」

「那個遺跡被發現和被挖掘的時間，大約也是六十年前，這個地區出現＊＊＊＊的事例的時間，也正好是那個時候……」

「你的意思是這兩者之間有什麼關係嗎？」

「我不知道，這種事很難判斷。」

寶月好像有點訝異，我也同樣感到驚訝。

如呂塚遺跡和惡靈附身的關係？——第一次聽到這樣的說法。不過，如果我把自己的這種想法告訴妻子，她一定會無法置信地反問我：「你連這個也不知道嗎？」我覺得她一定會這樣。

「只是，這次的事件裡有一個讓我很在意的問題，我覺得我應該把我的問題說出來。」

「什麼問題？」

「我是聽井上奈緒美小姐——就是你等一下會看到的那位女性——的母親說的。她說奈緒美小姐被＊＊＊＊附身後，經常有奇怪的舉動，那些舉動中最引人注意的，就是她在自己的臉上畫線的行為。從這個行為，證明附著在她身上的東西就是＊＊＊＊。」

「畫在她臉上的線條，好像是被什麼巨大的手豎起指甲抓出來的？」

「嗯，她會使用藍色的顏料或化妝品，在自己的臉畫出那樣的線條。很明顯地，在那種狀態時的她，不是真正的她，而是失去了自己，被附身的她。」

「那是『徵兆』吧！是不知道真面目到底是什麼的水之惡靈的徵兆。」

「我所在意的問題就是：在那樣的時候，她有時會在半夜從家裡逃脫出去，跑到『某個地方』。」

「某個地方？」

「那裡是深蔭川上游的一個洞穴。上個月，她嫁到九州的姊姊回來了一個星期左右，她姊姊在母親的指示下，悄悄地跟蹤她的行動，發現她會藏在那個洞穴裡。」

「深蔭川是……」

「是黑鷺川的支流，深蔭川的上游山谷間有攔砂壩，那個洞穴就在攔砂壩的旁邊，入口的地方還拉著禁止進入的繩索。」

「為什麼會有那樣的繩索？」

「這和地方上的傳說有關，聽說那個洞穴裡有很複雜的分岔，分岔路還深入地底。還有一種說法，說是洞穴中的其中一條分岔路，可以通達數公里外的如呂塚下方。」

寶月的背深深陷入椅背中，「嗯」地輕聲哼著。

「真的是很奇怪呀——唔，雖然我的經驗還不是很多，但是今天要遇到的，好像真的是很特殊的『東西』，總之我會盡心處理的。」

「那就拜託你了。」

「不管那是什麼屬性的『東西』，驅除附著在人身上的惡魔的方法，基本上是一樣的。」

寶月毅然地挺直背脊說。

「我的方法就是當場按照自己的感覺，用自己的力量把對手的力量推出去，一直一直往外推出……我覺得宗教性的種種儀式毫無用處。不過，大概也有人批評我，說我是行事沒有計畫，是一個只會做即興表演的靈能者吧。」

「但是，聽說你驅除惡靈的成功率相當高啊！」

「保守一點估計的話，我的成功率有七成吧！」

「希望這次也能成功。」

13

那是一棟沒有什麼奇特之處的木造兩層樓房子。

房子看起來大概已經有三十年的屋齡了，簡陋的門旁邊是一塊小小的停車空間，裡面停著一輛覆蓋著厚厚灰塵的紅色小型車。那間房子的附近還有幾棟大小和模樣很類似的中規模住宅建築。

確認過貼在門上的「井上」名牌後，石倉醫生才按了門鈴。過了好一會兒，玄關的門開了，出來開門的是一名白頭髮、身材瘦削的老女人，這是奈緒美的母親。

那一天的天氣很好，氣溫上升到需要脫外套的程度，但是奈緒美的母親卻仍舊穿著寒冬時的鋪棉外套，表情十分憔悴。

真佐木教授走到她面前，先介紹了寶月清比古後，才介紹我給她認識。

好像事先已經告知過今天的除靈活動「需要第三者當觀察員」，奈緒美的母親一副「明白了」的模樣。

「妳女兒在哪裡？」

真佐木教授問。奈緒美的母親惶恐不安地垂下眼瞼，回答：

「在她自己的房間。」又說：「請走這邊。」

一腳才踏進那間房子的門，我就感覺到強烈的濕氣與寒意。走在前面的寶月脫掉鞋子，走到玄關廳的正中央後，就站著不動了。他好像在觀察動靜般地環視四周，表情非常的嚴肅。

奈緒美的房間在一樓的深處，我們跟隨奈緒美的母親走過陰暗的走廊，我覺得籠罩著這間屋子的濕氣與寒意愈來愈明顯了。

「奈緒美。」

奈緒美的母親敲了門後，出聲叫道。

「醫生們已經來了，開門吧。」

沒有聽到奈緒美回答的聲音，只聽到不知從哪裡傳來的水滴聲——這時我突然有這樣的感覺。

門一打開，濕氣和寒意又更重、更強了，那是讓人感覺到真正寒冬的濕冷。還有……有一股強烈的霉味。冷氣機馬達轉動的聲音，從窗簾緊閉的房間裡傳出來，這個季節還開著冷氣，這是為什麼呢？冷氣機一直開著，難怪屋子裡的寒意逼人。

「等一下，讓我先進去。」奈緒美的母親正要走進房間時，寶月制止了她。

「不管發生什麼事，請你們只要安靜地看著就好，可以嗎？——真佐木教授和石倉醫生，請你們站在現在站的地方，咲谷小姐，請妳站在奈緒美媽媽旁邊。」

「而你——」寶月看著我，說：「請你和我一起進去裡面，小心不要讓我太靠近她……還有，請和我保持適當的距離站立，不要太近也不要太遠。」

那是一間大約十張榻榻米大的西式房間，昏暗的房間深處，有一條模糊的人影。那是奈緒美嗎？

寶月打開房間的電燈。

奈緒美穿著白色的睡衣，抱著膝蓋，獨自坐在房間裡的沙發上。她把頭埋進兩腳的膝蓋中，完全無視我們的存在，看得出她黑色長髮是潮濕的。

「井上小姐。」寶月輕輕呼喚。「井上小姐，井上奈緒美小姐。」

可是，她還是一點反應也沒有，仍然把頭埋進雙膝之中，一動也不動。

「這幾天她一直都是這樣。」

奈緒美的母親無力地說著。

「她把自己關在房間裡，就像現在這樣……不管和她說什麼話，她都沒有反應，也幾乎不吃東西，勉強她吃東西的時候，就會發生可怕的事……」

……可怕的事？

我的手臂起雞皮疙瘩了，這並不是單純地覺得冷的關係。我一邊隔著衣服用雙手手掌摩擦兩手的手臂，一邊觀察著室內的情形。

雜亂無比——室內的情形只能用這幾個字來形容。

只看這個房間的話，會覺得這個房子好像是已經被廢棄了好幾十年的廢墟。骯髒的牆壁、亂七八糟的家具、潮濕的床罩、到處亂丟的衣服和化妝品之類的東西，以及被撕得破爛的報紙、雜誌，滿是菸蒂的菸灰缸、翻倒的垃圾桶、吃完的零食空袋子、空的寶特瓶……

再仔細看，牆壁上的汙點幾乎都是像水漬般的斑點，再抬頭看天花板，也到處是像下雨漏水所形成的痕跡——啊！這到底是……

我的注意力回到寶月的動作上。

他站在房間的中央，目不轉睛地看著沙發上的奈緒美，眼睛射出銳利的目光，右手的手掌貼在自己的額頭上，左手則是自從進入這個房子起，便一直插在上衣的口袋裡。

幫忙奈緒美驅除＊＊＊＊靈的法術已經開始了嗎？

他剛才說過「宗教性的種種儀式毫無用處」的話，從他現在的動作看來，他確實沒有使用任何儀式，就展開除靈的行動了。他沒有唸什麼咒文或貼護身祕法的九字咒，也沒有拿出聖經或十字架之類的道具。

他只是一直盯著奈緒美看。只是這樣看著奈緒美，就可以為奈緒美驅除惡靈嗎？

不久，我看到寶月的嘴唇動了。

我聽到低沉而沙啞的聲音斷斷續續地從他的嘴巴吐出來。我呆住了，因為那聲音是異常至極的聲音連結，完全不像我所知道的任何一個國家的語言。對了，那聲音倒是有點像「那個東西」的名字——＊＊＊＊的發聲組合，是我非常陌生的母音與子音所組成的聲音……

寶月發出那樣的聲音後，奈緒美開始出現反應了。

她像喝醉了一樣，先是全身大幅度地搖擺晃動，然後雙手離開膝蓋，推開濕漉漉的長頭髮，把頭髮往上攏，急躁地仰起一直低垂著的頭。

雖然事先已經被告知了，但是親眼目睹她顯露出來的臉後，我還是忍不住地發抖了。

如真佐木教授說的，奈緒美的臉很不尋常，她的臉上畫著好幾條藍色的粗線，線條從額頭一直畫到下巴。寶月曾經比喻這些線條像是被什麼人的手指抓出來的抓痕。果真如他比喻的那樣，那些被她自己畫上去的奇怪線條，遮掩了她原來的容貌，讓人看不出她的長相到底如何，也看不出來她現在的表情是什麼。

寶月一邊繼續說著奇怪的話，一邊左手慢慢地從外套的口袋裡抽出來。他的手掌像在出掌般地，突然向前推出——就在這個時候，房間裡的電燈閃爍起來，忽明忽暗，奈緒美也在這個時候從沙發上站起，發出短促的叫聲。

很明顯地，寶月的動作給她帶來強大的衝擊，連站在旁邊看的其他人，也感到不尋常的衝擊。接著，令人震驚的現象發生了。

好像在呼應寶月所說的話一樣，從沙發上站起來的奈緒美也用相同種類的異樣言語，開始和寶月對談。不過，從她的嘴巴裡發出來的聲音枯燥而沙啞，完全不是三十四歲的女性應有的嗓音。

寶月的左手手掌再次向前推出。

奈緒美再度發出尖叫聲，她的雙手水平張開，並且向後退了一、兩步，胡亂地甩動潮濕的長髮，翻著白眼。下一瞬間——

令人無法相信的情景，出現在我們的眼前了。奈緒美的身體開始慢慢往上浮起。

「不要！」奈緒美年邁的母親大聲地叫道。「不要那樣！奈緒美，不要呀……」

但是，奈緒美的身體仍然在母親的大叫聲中繼續往上浮，一直浮到腳底離地面大約五十公分的地方，才停下來。她亂舞頭髮，翻著白眼的樣子非常可怕。此時從她的嘴巴裡吐出來的言語已經和剛才完全不同了，她像在碎碎唸一樣，小聲地不知道在說什麼。接著——

不知從哪裡傳來水滴滴落的聲音。

不過，很快就知道那裡是哪裡了。那就是我們的頭上。

外面是從早上開始就很好的天氣，此時當然也沒有在下雨，但是水卻從天花板滴下來。有些水滴直接滴到地板上，也有些水滴沿著牆壁流下，積在地板上。

我嚇得全身發抖，但仍然努力要求自己冷靜。

人體突然從地面上飄浮起來，天花板開始莫名其妙地滴水下來，這可能是人為的計畫性行為嗎？

我回頭看門的那邊，除了我和寶月，另外四個人都確實地站在那裡，所以絕對不可能是他們中的任何一個人，在悄悄操縱某個機關，製造出那樣的情況。如果那真的是人為的情況，那麼一定是我們幾個以外的其他人，偷偷地潛入這個房子裡所為。不過，姑且不論水從天花板滴下來是怎麼辦到的，光是奈緒美的身體如何在眾目睽睽之下飄浮起來的事，就讓人無法理解。從房間的構造和燈光，及奈緒美前後的空間看來……根本不可能製造出這種奇幻的效果，完全不可能。

——這個世界上，確實存在著不可思議的事情。

啊，果然如此嗎？真的不能不承認嗎？果真是那樣的。

飄浮起來的奈緒美的身體，此時又發生了奇怪的現象。新的水滴從她蓬亂的頭髮髮梢、水平張開的雙手指尖、併攏的雙腳腳尖，開始滴滴答答地滴出來了。

仍然是翻著白眼的她咧開了大嘴巴，文字難以表達、不像是這個世界上的生物所發出來的奇怪聲音，從那張大嘴巴裡蹦出來。

「不要！」

她年邁的母親哀號了。

「寶月先生！」

「寶月先生！」

真佐木教授和石倉醫生同時叫道。

可是，寶月仍然動也不動。

他慢慢地調整呼吸，再一次盯著飄浮在半空中的奈緒美，並且說著我無法理解的語言。接著，他突然朝著奈緒美，向前跨出一大步，他的左右兩手配合向前跨出的動作，也同時「喝！」地用力向前推出，就這樣——

咚——！奈緒美的頭垂下了。

她張開著的雙手同時無力地往下垂，身體也放棄了對地心引力的抵抗。

隨著重物落地的聲音，奈緒美的身體頹然側臥在地上。寶月安靜地走到她的身旁，拉起她拋出來的右手，檢查她的脈搏。

「咲谷小姐，過來一下。」

寶月轉頭呼喚站在奈緒美母親身邊的女護士。

「請妳幫她擦掉臉上的汙垢，她臉上的線條大概是用自己的眼影畫上去的。」

「啊……是。」

「這些藍色的線就是水惡靈附身的符號，最好趁著現在趕快擦掉。」

「知道了，無論如何都會擦掉的。」

女護士從散亂的化妝品中找出卸妝油，然後跪在臥倒在地上的奈緒美旁邊。「妳沒事吧？不要緊吧！」她一邊說著，一邊把卸妝油塗抹在奈緒美的臉上。

寶月走回到房間的中央，他雙手抱胸，抬頭看著天花板，長長地嘆了一口氣。天花板已經不再滴水下來了。

奈緒美的母親將準備好的濕毛巾交給女護士，毛巾同時擦掉了卸妝油和臉上的汙垢。雖然不是完全擦乾淨了，但此時至少可以看清楚——就近地看——井上奈緒美的容貌了。

「嗚、嗚……」

奈緒美發出呻吟的聲音，慢慢張開了眼睛。

她恢復正常了嗎？我正這麼想著的時候，突然聽到寶月發出「唔？」的聲音，好像對什麼事情感到疑惑似的。我回頭看寶月，只見他皺著眉頭，注視著正要慢慢地站起來的奈緒美。

「啊！」這次發出呻吟聲的人是寶月。

「怎麼會……」

他好像無法置信似的，一邊搖頭，一邊喃喃自語，好像好不容易才控制住內心的驚訝，所以低聲說著讓人聽不清楚的話語。

「怎麼是……HIRUKO……」

HIRUKO？——什麼呀？

HIRUKO……？是出現在《古事記》裡的水蛭子[2]嗎？水蛭子是伊邪那岐命和伊邪那美命所生的第一個孩子，後來這個孩子被放在葦舟上，讓水沖走了，是一個可憐的異形之神。我以前看過諸星大二郎的漫畫，他把這位異形之神描述成古代的魔物……

……魔物？

被大家用＊＊＊＊這個名字來稱呼的水之惡靈，難道就是「水蛭子」？這件事直到現在才被寶月發現嗎？啊，但是……

根本沒有時間讓我深思，因為房間裡響起了尖叫聲，大家的眼光都集中到尖叫聲的來源，聲音的主人正是被我們認為已經清醒的奈緒美。

「沒事的，井上小姐，沒事的。」

護士在她的身旁頻頻安慰，可是奈緒美完全無視她的安慰。奈緒美站起來，瘋狂地揪開潮濕的頭髮，發出不尋常的尖銳聲音。

「怎麼是你！」她伸手指著站在房間中央的靈能者，尖聲喊道：「你來做什麼！」

寶月茫然地站著。

「井上小姐，這位是來幫助妳的……」

護士一邊說，一邊把手放在奈緒美的肩膀上，但是奈緒美甩掉她的手。

「回去！」奈緒美像在狂吠般叫道。她被強烈的憤怒與強烈的恐懼控制住了，這讓她的臉扭曲起來，顯得十分可怕。

「回去！不要來！不要再來了！」

14

這一天的驅靈活動到底是成功的？還是失敗的呢？

2 日文發音為HIRUKO。

我們幾乎是被趕出井上家的。離開井上家後，寶月面無表情地沉默著。不過，當我們坐著石倉醫生的車，回到深泥丘醫院後，他就自己主動開口說話了。

「成功率反正是七成……」

「那是保守的估計，不是嗎？」真佐木教授委婉地回應他。「可是，這次失敗了嗎？」

寶月緩緩地搖搖頭，說：

「不完全是那樣，但是……」

「你的意思是——沒有趕走惡靈嗎？」

「唔……好像是的。」

「我等一下會打電話給她的母親，詢問一下我們走了以後的情形。」

「——那就拜託你們了。」

「不過，最後她那種瘋狂的模樣，也很可怕。」石倉醫生插嘴說：「寶月先生，你的能力真的很強，連＊＊＊＊都害怕，感到強大的威脅了，所以一定要那樣……」

石倉醫生雖然這麼說，但是寶月臉上的表情卻更加沮喪，好像想到什麼嚴重的事情了。

於是真佐木教授問要不要改天再試一次。

「不，不要了。」

寶月如此回答，並且用力咬著下唇。大概是認為自己輸了，感到懊惱吧！

「剛才我已經盡了全力，能做的就是那樣了，非常抱歉，我已經無能為力……」

15

深蔭川的浮屍井上奈緒美的死因，果然是溺死的。

水量變多、水流湍急、水溫低……這些都是造成不幸的原因，再加上奈緒美不會游泳，落水而死是不難想像的事情。

「據說被＊＊＊＊附身的人，最後的下場大多是被＊＊＊＊拖到水裡淹死的。」

當我把奈緒美死亡的事情說給妻子聽時，妻子最初反應就是這樣。

「那次驅除惡靈行動，果然是失敗了呢！」

「就是呀！」

「不過，寶月先生確實是真有能力的吧？」

「嗯，至少那時看起來確實是那樣。」

「因為＊＊＊＊實在太特殊了——」

妻子這麼說著的時候，表情非常嚴肅，還一度閉上眼睛。

「雖然他的能力是真的，但是一般的靈能者或許還是無法對付＊＊＊＊吧！」

16

兩名自稱是黑鷺署的刑警，在發現屍體兩天後到訪我家。五十歲左右的小個子刑警姓神屋，另一個年輕、大個子的刑警姓熊井。

確認被打撈上來的屍體是井上奈緒美後，他們從現場的警官處得知我認識井上奈緒美。所以，在拜訪過奈緒美的母親，見過兩位醫生和護士後，他們認為也有必要和我談一談。

「從夏天開始，已經死亡的井上奈緒美被＊＊＊＊附身了。這是Q大學的真佐木教授說的，這一點沒錯吧？」

年長的神屋刑警一開口便如此說。因為他突然說出「＊＊＊＊」這個名字，老實說我真的嚇了一跳。

「因為我在這個地方已經工作了三十幾年，所以儘管不願意，過去還是碰到過幾次和『＊＊＊＊』有關的事件。」

「哦……是嗎？」

真的如妻子說的，＊＊＊＊存在這個地區已經是常識了嗎？可是，不管我怎麼想，我就是無法在自己的記憶裡找到和＊＊＊＊有關的記憶。

我已在不知不覺中，抽起刑警給我的香菸了。

「那麼，我就長話短說了。」我說。「她被不知真面貌為何的水之惡靈附身，失去了自我，所以上個星期天特地從東京找來能力高強的靈能者，來為她驅除惡靈。可惜那個行動沒有成功，所以她自己跳河死了……」

「不，事實上，這個案子不可能這麼簡單就結束了。」

「為什麼？」我不明白地問道。「雖然死於惡靈作祟，可是法律上她卻是自殺的，事情就是這樣，還會有什麼疑問呢？」

「顏色不對。」刑警插嘴說道。「因為顏色不對，所以不能簡單就結案了。」

「顏色……啊！」

「畫在屍體臉上的線條顏色，你也注意到這一點了吧？」

——是的。

從河裡打撈起來的井上奈緒美臉上的線條顏色，並不是星期天看到的眼影藍色，而是紅色的。那是好像用口紅畫出來的線條——可是，那到底是……

「藍色線條是＊＊＊＊的符號，如果畫在屍體臉上的線條是藍色的，那就什麼問題也沒有。表示她確實是因為被＊＊＊＊附身，而且在＊＊＊＊的作祟下跳到河裡的。這種事情以前也發生過幾次，我還親眼見過相同的溺死屍體。但是——」

年長的刑警摸著自己已經頭髮斑白的腦袋，接著說：

「如果符號不是藍色而是紅色的，那麼情況就不一樣了。」

「怎麼個不一樣？」

「臉上畫的是紅色線條的話，就不是＊＊＊＊了。紅色線條是＊＊＊＊＊＊的符號，你不知道這件事嗎？」

「＊＊＊＊＊？」

雖然模仿著刑警的語音，但是我的發音還是發得不像。我第一次聽到＊＊＊＊＊這個名字，那也是不知是來自什麼國家的語言，是一連串異常聲音的連結。不過，剛才刑警說的「＊＊＊＊＊」，其實和說＊＊＊＊＊時一樣，不是「那個東西」的正確名字吧！

「據說＊＊＊＊＊是火的惡靈，被＊＊＊＊＊附身的人的周圍，會陸續發生和火有關的異常現象，『因此這傢伙非常討厭水』。」

「……」

「你剛才說的有關驅除惡靈的事情，我也從其他人那裡聽到了，那個寶月清比古的能力相當高強，所以剛開始的時候你們都以為他成功了。但是，最後好像還是沒能趕走惡靈。」

「——是的。」

「可是，在我的想法裡，那一天的驅靈行動不能說是完全失敗的，因為確實對付到＊＊＊＊＊了。只是＊＊＊＊＊被驅除的時候，＊＊＊＊＊趁著短暫的空白時間，占據了＊＊＊＊＊的位置。這種『靈交替』的現象，是事前完全沒有料到的事情。」

「靈交替？——那麼，她到底變成怎麼樣了？」

「星期二的晚上，奈緒美好像又跑到深蔭川上游的那個洞穴去了。她的母親看著她出門，也看到她拿口紅在自己的臉上畫線，她的母親雖然覺得害怕，卻也不敢叫她不要出去。——總之，那天晚上的狀況就是：奈緒美已經沒有被＊＊＊＊＊附身了，她是在被＊＊＊＊

＊＊＊附身的情況下外出的。」

刑警暫停發言，側眼看了一下身旁的夥伴。

從剛才起，這位叫熊井的年輕刑警就沒有開口過，一直面露困惑的表情。他和老經驗的神屋刑警不一樣，以前大概沒有遇到過＊＊＊＊或＊＊＊＊＊的事件，這回是第一次吧！

「我們已經仔細調查過前天你發現屍體的地方，和那個地方的上游一帶。」

年長的刑警再度開口說話。

「那個洞穴的附近有許多腳印的痕跡，那應該是奈緒美的腳印。但是，那一路上找不到會因為不小心而造成失足滑落河中的地點，也就是說找不到有人因為腳滑而落水的痕跡。這代表什麼意思呢？」

刑警遞給我新的香菸，但是我搖頭婉拒了。

於是刑警繼續說：

「在被＊＊＊＊＊附身狀態下的人，不可能自己跑到河邊跳河，因為＊＊＊＊＊＊非常討厭水，所以奈緒美不會自己跑到水量變多的河邊。而要去那個洞穴時必須經過的河岸邊，也找不到任何人跌到河裡的痕跡，所以——」

我把咬在嘴裡的香菸拿下來，喃喃地說著：「怎麼會？」

刑警一臉嚴肅地點點頭，說：

「不是自殺，也不是意外，那麼就是有人把她丟進河裡。她可能是先被帶到我們調查過的路線以外的某個地方，才掉到河裡的，當然很可能是先被弄昏倒，才被丟到河裡。目前我們正全力往這個方向調查。」

「……」

「我們認為她的死因與＊＊＊＊或＊＊＊＊＊＊＊無關，不是死於惡靈作祟，而是被人殺死的。」

「……啊！」

「星期二的晚上有月亮，但是不管是在月光下，還是利用手電筒的光，都很難看清楚畫在臉上的線條顏色。兇手以為她臉上線條的顏色是藍色，沒有注意到那天晚上的顏色不一樣，所以就那樣把她丟到河裡，讓她淹死。製造『她被＊＊＊＊附身，最後投河自殺』印象。兇手的目的一定就是這樣——你覺得這個推理怎麼樣？」

刑警一邊摸著斑白頭髮的腦袋，一邊瞇起眼睛偷窺我的反應。我沒有提出異議，因為身為靠寫推理小說為生計的我，聽到刑警的這些話，竟然有一種鬆了一口氣般的心情，還點著頭，表示「原來如此呀」。

刑警好像很滿意我的反應似的，用舌頭舔了一下嘴唇後，接著說：

「我想再一次請教你關於那天驅除惡靈的事情，聽說那天你以公正的第三者的身分，參與了那次的驅靈活動。請你把那天看到的所有情況，詳細地說給我們聽。請儘可能正確地說出你記得的所有事情，拜託了。」

17

寶月清比古以可能殺害了井上奈緒美的罪名被逮捕的時間，是發現屍體正好十天後的事情。接近十一月底的市街，已經開始準備迎接聖誕節的來臨了。

18

我從石倉醫生寄給我的郵件，知道寶月被逮捕的事情。他是第一個告訴我這個消息的人，石倉醫生的消息來源是女護士咲谷小姐，而咲谷小姐則是在電話裡聽寶月的妹妹講的。

我原本以為寶月進行了驅靈的活動後，當天晚上或翌日早上就回東京了，然而事實的情況和我想的不一樣。寶月在沒有告訴任何人的情況下，繼續住在附近的飯店，然後在星期二的深夜，進行了殺人的計畫。殺人後的翌日早上——奈緒美的屍體被發現的星期三上午，他才回去東京。除了飯店的員工，還有不少人可以證明這件事情。他是一個有能力的靈能者，卻犯下了那樣的殺人行為，實在是太魯莽了。

後來我有機會和黑鷺署的神屋刑警碰面，根據他所說的，寶月以順從的態度接受了警方的調查，並且承認了殺人的罪行。

殺人的當天晚上，寶月跟蹤自己走出家門的奈緒美。果然如他所料，奈緒美去的地方正是深蔭川上游的那個洞穴。奈緒美的臉上仍舊畫著線，一看就知道她還處於被＊＊＊＊＊附身（其實是被＊＊＊＊＊附身）的狀態中，於是寶月乘機攻擊她，讓她昏倒（寶月說他會柔道的勒技），再把她從攔砂壩那邊帶到河邊，尋找到適當的地點後，就把她丟到河裡。這樣的話，當她的屍體被發現的時候，應該會被認為是「因為＊＊＊＊＊附身而自殺了」。寶月當時的想法，果然如神屋刑警對我說的推理一樣。

可是，寶月為什麼會做出那麼愚蠢的行為呢？

根據警方調查的結果，寶月殺人的動機，竟是為了再單純不過的世俗情感。

原因要追溯到四年前。

奈緒美結束東京的個人生活那年，也是寶月的靈能甦醒，成為靈能者的那一年，也就是四年前。

「如果要從頭說起的話，其實寶月在那一年的前一年開始，就持續地糾纏著井上奈緒美，扮演一個騷擾者的角色了。」

頭髮斑白的幹練刑警好像在說「一點也不有趣的故事」似的，做了這樣的開場白，才接著說：

「奈緒美當時在西麻布的『DAGON』酒廊工作，寶月是那裡的常客。年紀不小卻不去工作，靠著父母的錢花天酒地，他迷戀上了奈緒美。不知道他們兩個人的交情到底進展到何種程度，只是，奈緒美卻不知道從何時開始厭煩起寶月了。

「可是寶月不死心，開始上演男人糾纏女人的老套劇情。不過，對寶月而言，或許他認為那是轟轟烈烈的愛情吧？總之，雙方的感情落差愈來愈大時，儘管一方認為是轟轟烈烈的愛情，另一方卻覺得是天大的麻煩，這就是當時他們兩個人的寫照吧！寶月愈是固執地不放棄對奈緒美的感情，奈緒美就愈覺得煩，讓她陷入半神經衰弱的情況。」

我帶著不知如何是好的憂鬱心情，想起驅靈那一天護士咲谷對寶月說的話——那是寶月的妹妹請咲谷傳的話。

——請你忘記以前失戀的事情。

「在那樣的情況下，兩個人之間的氣氛當然愈來愈險惡，終於在四年前的某一天，發生了決定性的事情——奈緒美在樓梯上把寶月推下樓。『DAGON』位於住辦混合的大樓四樓，那個時期奈緒美對寶月維持著相當高的警戒態度，所以下樓時通常走後面的安全梯，避免遇到寶月。可是寶月早已料到她會從那裡出入，所以那天晚上早早就埋伏在安全梯那邊。奈緒美看到寶月後，既吃驚又憤怒，兩個人發生衝突，互相推擠的結果，寶月從樓梯上摔下去了。——以上那些事情，全部是寶月接受警方調查時，他自己說的。」

當然了，現在無法從奈緒美口中問出什麼了，除非有「貨真價實的靈能者」，能夠把她的靈魂叫出來。

「那一摔相當嚴重，寶月的頭部因此受了重傷，所以他也記不住當時的詳細情況，後來那次的事件便以他個人的疏失了結，而奈緒美也趁著發生這件事的機會離開『DAGON』。真相如果就是寶月說的那樣，那麼，當寶月從樓梯上摔下去的時候，奈緒美並沒有報警求援，而是扔下受傷的寶月，就離開現場了。她對寶月的感覺既有對他受傷後卻棄之不顧的罪惡感，也有對他糾纏不已的行為的厭惡感與恐懼感，她一定是感到再也無法忍受寶月了。她在老家的父親正好在那個時候過世，更加堅定了她想離開東京的決定。」

聽著幹練的老刑警敘述時，我心情憂鬱地一邊點著頭，一邊想起妻子說過的話。

——發生從樓梯摔下來的意外時，正是對自己感到失望，幾乎生活在自暴自棄中的時期，現在回想那個時期，情緒就會變得很低落。

那好像是寶月在接受某個採訪時說過的話。「幾乎生活在自暴自棄中」，應該是他後來對自己不斷糾纏奈緒美的行為，所給予的評價吧？

「而寶月——」

刑警繼續說：「諷刺的是，沒想到那個意外卻喚醒了他體內的特異能力，讓他開始以靈能者的身分，活躍在這個社會中。不過，成為靈能者後，他沒有使用本名，而是使用了寶月清比古這個別名，所以即便他成為名人，奈緒美也不知道寶月清比古是曾經糾纏過她的人。在東京被男人騷擾的事情，回到故鄉後，她或許有對母親說過，不過，就算她說了，她口中的男人名字應該是忠野弘，而不是寶月清比古，所以決定請寶月清比古來為奈緒美驅除惡靈的時候，母親完全地同意了。」

「可是，寶月那邊呢？」這是我從剛才就一直很在意的問題。「知道自己要幫忙驅除惡靈的女人的名字是井上奈緒美時，沒有發現這個女人就是從前對自己不屑一顧的女人嗎？」

「井上這個姓氏並不特別稀奇吧？」

「但是……啊！對了，她在酒廊工作的時候，用的是花名吧？」

「沒錯。」刑警舔了一下嘴唇，繼續說：「奈緒美似乎沒有讓寶月知道自己的真實姓名，店裡的人當然也不會隨便說出奈緒美的真實姓名，這些我們都查證過了。另外，奈緒美離開酒店後，寶月也完全沒有再去那家酒店，應該是死心了吧！因此，寶月心中的那個女人的名字並不是井上奈緒美，他只知道奈緒美在店裡的花名，那個名字是——」

「HIRUKO？」我戰戰兢兢地說出這個名字。

刑警點頭又說：「沒錯，」然後說：「白晝之子的『晝子』[3]。這個花名雖然有點奇怪，但是她本人好像很喜歡。」

「啊……」

我繼續和刑警交談，但是腦子裡開始重現當日在井上家進行驅除惡靈時的畫面——最後的那一幕所表現出來的意思，似乎和我原先的想法截然不同。

19

護士在寶月的指示下，擦拭奈緒美臉上的汙垢時，奈緒美發出微微的呻吟聲，慢慢地張開眼睛。那時——

3 日文發音和「水蛭子」相同，也是HIRUKO。

「唔？」寶月發出感到疑惑的聲音，而且深深地皺著眉頭，注視著正在慢慢站起來的奈緒美。

「怎麼會……」

他好像無法置信般地一邊搖著頭，一邊低聲喃喃自語：

「怎麼是……HIRUKO……」

寶月和我一樣，那時第一次看到臉上沒有任何「化妝品」的奈緒美，此時他才發現這是一個令人無法相信的偶然——在自己面前的這個井上奈緒美，竟然就是四年前棄自己而去的那個女人——「DAGON」的晝子，這真的是再巧合也不過的事情了。

當時他一定嚇了一跳吧？也一定不知所措吧？四年前就是因為她，而從樓梯摔下去，頭部受到重傷的記憶，或許那一瞬間在他的心裡復甦了。

奈緒美這邊也一樣，她吃驚的程度一定不亞於寶月。

被＊＊＊＊附身而沒有自我的時候，她應該無法分辨來為他驅除惡靈的人到底是誰吧？但是，接受了驅除惡靈的行動後，她不再受到惡靈的支配，臉上的「符號」也被擦拭掉，終於慢慢清醒過來，可以看清楚眼前的男人——忠野弘，那個她曾經厭惡和恐懼的騷擾者，那個男人四年前還被自己推落樓梯，受了重傷……

「怎麼是你！」

她完全無法理解那個男人為什麼會突然出現在自己的面前，所以尖聲喊道：

「你來做什麼！」

竟然跑到現在自己住的地方了！還對自己窮追不捨嗎？或者，為了四年前的事情，來找自己報復的？

「回去！」

她被強烈的憤怒與強烈的恐懼控制住了，於是像在狂吠般地叫道：

「回去！不要來！不要再來了！」

20

曾經是忠野弘的寶月清比古，四年後很偶然地與曾經是晝子的井上奈緒美重逢了，於是一股殺意自他的內心湧起，促使他犯下了殺人的罪行。事情是這樣的嗎？——這種不負責任的想像儘管有存在的可能性，但是這種事情夠了吧！已經夠了吧！

反正是從他自己的嘴巴說出來的事情，內容到底是真是假，就由處理這種事情的專家去分析吧！輪不到我來思考這個事情。總之，我已經沒有太大的興趣了。

明白到這個地步後，井上奈緒美死亡的真相，就變得太實際，現實感太強烈，讓我覺得有點乏味。那天——進行驅除惡靈行動的那一天，我所看到的那些奇怪現象，現在突然變成是多餘的奇怪事件。

那個＊＊＊＊和＊＊＊＊＊＊＊，與什麼不知真面目為何的惡靈或魔鬼也一樣，「祂們」在我心中的存在感，隨著日子一天天過去，慢慢地崩塌了。到了完全進入冬天的現在，

「祂們」已經退後到濃霧的後面，變得模糊而不存在了。

這個世界上沒有無法理解的事情。

……是的，或許原本就應該如此。

不過……前幾天我看到妻子對著家裡飼養的兩隻貓說話了。這件事本身並不特別稀奇或古怪，只是，妻子當時說的話傳入我的耳朵時，我覺得她說的話雖然和＊＊＊＊或＊＊＊＊＊＊＊不一樣，但也是怪異的聲音組合——我覺得是那樣。

蛀牙蟲

1

……嗚、嗚，好痛。

牙齒好痛。

一跳一跳地痛，咯吱咯吱地痛。

其實從過年前開始，我就有一種不太妙的感覺了，果然到過年的時候，才過了三天，牙齒就認真地痛起來，痛的位置是右下的臼齒——第二大臼齒。

這顆以前治療過的牙齒並沒有填塞物鬆脫、新的蛀牙洞，或牙齦腫脹等情況，但就是痛。因為剛開始的時候是微微的刺刺癢癢，痛得並不明顯，後來才漸漸嚴重起來，所以便先自行服用了市售的止痛劑，但最後實在痛得受不了了，不得已只好上醫院看醫生。

回想起來，我已經好幾年沒有看牙醫了，上一次看牙醫的時間好像是七年前。我記得當時治療的就是右下的臼齒，那次的治療留下了相當痛苦的記憶。

……？

可是，不知道為什麼，我想不起當時的具體狀況了。

那時是天氣熱的時候？還是天氣冷的時候呢？是哪裡的牙醫師為我做治療的？給的是什麼樣的治療呢？又有什麼痛苦的記憶呢？——種種細節都不清楚，而且我愈是想要想起來，記憶就愈模糊。

我發現自己最近常常這樣。不過，因為去年秋天才接受腦部的MR檢查，所以應該不用擔心什麼重大的問題。

更何況現在有一個比想不起事情更重大的問題，那就是我的牙齒痛。

以前我常常因為牙齒的問題而煩惱，但是自從七年前接受過牙齒的治療後，很不可思議的，這七年來竟然沒有再因為牙齒的問題上過醫院。我在這段期間內搬了家，所以從沒有去過這附近的牙科看診。

但是這附近有一家好像與我特別有緣的深泥丘醫院，聽說從今年開始起，深泥丘醫院增加了牙科的門診。

我以手掌按著臉頰，壓抑臉頰下面一跳一跳、咯吱咯吱痛的右邊臼齒，帶著憂鬱的心情離開家門。外面是隨時可能下雪的寒冷冬季早晨。

「不要緊嗎？要不要陪你去？」

正要出去時，妻子對我這麼說。我又不是小孩子，所以拒絕了她。

「那麼痛嗎？是右邊下面的臼齒吧？」

我皺著眉，點點頭。

妻子「嗯」了一聲，歪著頭說：

「已經變弱了嗎？聽說平常可以用一輩子的……是體質的關係嗎？」

這句話是什麼意思呢？這個疑問掠過我的腦海，但是牙齒的疼痛讓我沒有多餘的力氣去思考這個問題。

2

深泥丘醫院的牙科診療室在這棟四層樓鋼筋水泥建築物的地下一樓。

那天早上到醫院看診的牙科病人好像只有我一個，牙科的候診室裡除了我以外，沒有其他人。因為是新成立的門診項目，所以病人不多吧？我沒有事先預約就來了，而且不須等待就能立刻接受醫生的檢查，實在是太幸運了。但——

當我被叫到名字進入診療室，看到穿著白袍的男人時，不禁嚇了一跳，還不自覺地「啊」出聲。

醫生是一位年齡和我差不多，或者比我大一點點的大個子中年男性，今天應該是初次見面的這位醫生，卻有一張我熟悉的臉。他和我第一次來這家醫院看診時，負責為我做檢查的腦神經科的石倉醫生很像。

如果這個醫生就是石倉（一）醫生的話，那麼他左眼上應該會戴著茶綠色的眼罩才對呀！另外，如果是石倉醫生的雙胞胎兄弟——消化器官科的石倉（二）醫生的話，那麼右眼上會戴著相同的眼罩。但是眼前這個和石倉醫生長得很像的人的臉上，不管是左眼還是右眼，都沒有戴眼罩，取而代之的——這個說法也不太正確——是一副茶綠色的方框眼鏡。

「怎麼了嗎？」

看到我的反應後，牙醫師皺著眉頭，不解地問。

我仔細地看著掛在他醫生白袍上的名牌文字——「石倉（三）」。

「來，請坐吧！」

難道石倉醫生是三胞胎嗎？或者，他們只是湊巧同姓，臉又長得很像？——會有這麼湊巧的事嗎？

不過，我沒有多餘的心情去思考這個問題，因為我的牙痛愈來愈強烈，一跳一跳地痛，咯吱咯吱地痛。

「嗚……啊、痛啊……」

我按著臉頰，沒出息地發出痛苦的呻吟，像昏倒了一樣跌坐在診療椅上。

「那——」牙科的石倉醫生放下診療椅的靠背，說：「是右邊的臼齒痛嗎？」

「嗚……是……嗚……」

「來吧！讓我看看。來，手拿開，張開嘴巴……」

3

因為實在痛得不得了，只顧著痛，沒有太多的力氣去觀察周圍的環境，不過，這間設置在地下室的牙科診療室，是一間讓人覺得有點怪異的地方。空間雖然大，但是裡面空蕩蕩的，幾乎沒有裝飾，不管是天花板、地板或牆壁，都是冰冷的水泥砌成的。因為在地下室，所以連一扇窗戶也沒有，看起來非常淒涼。

診療室像一間空曠的倉庫，微暗的室內中央有三張診療椅，聚光燈從上面打下來，讓診療椅的四周亮得像舞臺一樣。

這間診療室裡除了牙醫師外，還有一個年輕的女護士——這個時候應該稱為牙醫助理吧！因為注意力一直集中在第三個石倉醫生上，所以沒有馬上注意到女護士的存在，但是，這個牙醫助理竟然就是我所熟悉的女護士咲谷小姐。不知道為什麼她會出現在這裡，或許是職務調動，被派到新設立的牙科幫忙吧！

「唔，這樣看起來，好像不是嚴重的蛀牙呀！」

醫生一邊說，一邊對著疼痛的那顆臼齒噴氣。咻——！聽到這個尖銳的聲音的同時，劇烈疼痛好像發出嚇嚇的叫聲，直達到腦髓。

我張大嘴巴，「哇——」地叫出聲。

「啊！那麼痛嗎？」

「嗚……痛！」

「這顆牙齒以前治療過了耶，什麼時候治療的？」

我張開右手的五根手指頭表示「五」，接著再比食指和中指，表示加「二」的意思。我的手心早就冒汗了。

「七年前嗎？——嗯，可是這個……」

「嗚……哇啊！」

因為無法好好的說話，我只好閉上嘴巴，以含淚的眼睛看著牙醫。

「總、總之就是痛，只是痛……」

「我知道、我知道，你不要著急，著急也無濟於事。」

「可、可是……」

「這個……我要先明白一件事。你說七年前治療過了，那時是哪裡的醫生幫你治療的？」

「啊，唔，那是……」

真不想說話了。我忍著痛，努力去尋找模糊中的記憶。

「那個，是……啊！那是……」

一跳一跳的牙齒刺痛，伴隨著心跳，傳遞到身體的每個角落，某些記憶的片段，在這一跳一跳的刺痛中被彈出來了。

「那好像是──七年前的春天，在南九州的某個島……那裡是內人的故鄉，那個島叫貓目島。是貓目島上的牙醫幫我治療的。」

「南九州？貓目島？啊，原來是那裡。」

牙醫一邊喃喃說著，一邊斜眼看著站在身邊的助理一眼。

「咲谷小姐，妳覺得如何？」

「如果是九州的那裡的話，搞不好是『那個』。」

我聽到她這麼說。不知道是不是我太多心了，總覺得她的語氣好像有些幸災樂禍。

「『那個』嗎？如果是的話，現在應該說是『很稀奇』，還是很『珍貴』呢？……SAMUZAMUSI……」

SAMUZAMUSI？是說 SAMUZAMUSII[4]嗎？

茫然地想著這個的時候，我的心已經不受控制地，想起七年前那個春天的事情了。

4

那的確是……是妻子的曾祖父過世，我們回去貓目島參加喪禮的時候……

曾祖父享年九十八，聽說他晚年時從不間斷每天的散步活動，經常找附近的老人下圍棋或日本象棋，腦筋一直很清楚，直到壽終正寢。

我和妻子在一起後，十年來只去過貓目島兩、三次，或許有人會因此批評我太無情了，沒錯，確實是有點太冷漠了，但問題是貓目島實在太遠了。

那個島很小，有一半以上的人家姓相同的姓，要去那裡必須搭乘新幹線和在來線後，再換搭巴士，最後還要搭船……光是單程，就要花上半天的時間。當然，如果搭飛機的話，是可以縮短交通的時間，但麻煩的是我很討厭搭飛機。

七年前的那個春天，我和妻子便是一大早就出發，陸上交通加上海上交通的前往貓目島，到達目的地的時候，已經天黑了。我的牙痛就是從那天晚上開始的。

其實那個時候我一直在接受蛀牙的治療，經常去住家附近的牙醫診所接受醫生的治療。接到訃聞的前一天，我的第二顆臼齒正好取出舊的補牙物料，補進暫時性的藥劑，所以我的牙疼發作了。

為了以防萬一，醫生開了幾天份的消炎鎮痛劑和抗生素給我，我連忙服用牙醫開給我的藥，果然不再痛到受不了了。可是，服完藥後才兩、三個小時，又開始痛了，我痛到吃不下東西，痛到連走路都覺得痛苦的地步，真的是太痛了。

為了控制疼痛，結果一個晚上就吃掉兩天份的藥。可能就是因為這樣吧！翌日進行喪禮的儀式時，我的頭和身體都不受控制地搖搖晃晃。每次忍著不吃藥，劇烈的牙痛就會馬上襲來。親人們因為悲傷死者而流淚，站在他們之中的我，臉上的淚痕也沒有乾過，但不是為了死者而掉眼淚，而是因為痛到無法忍受的牙疼。

喪禮結束後，我的臉色蒼白到好像隨時會昏倒一樣。妻子看到我這種情形，終於忍不住地叫我去看當地的醫生。雖然我並不想在旅途中，讓陌生的牙醫治療我的牙齒，可是痛到這個地步，我實在說不出不想去的話。

就這樣，我被帶到島上唯一靠海岸邊的牙科診所……啊！想起來了，我記得那時看到了診所的招牌──有點髒的看板上，寫著「咲谷牙科」──沒錯，就是那樣，我終於想起來了。

已經是前年的春天了吧？我記得第一次到這間深泥丘醫院，看到在這裡值班的年輕女護士的姓氏時，有著驚訝的感覺──不，不對，與其說那種感覺是「驚訝」，還不如說是「覺得奇怪」還比較正確。

想起七年前貓目島的牙醫姓氏時，那種「覺得奇怪」的感覺在我的體內甦醒了。

4 日文「寒々しい」（SAMUZAMUSII），冷颼颼、冷冰冰的意思。

5

因為實在太痛了，所以牙醫馬上幫我注射麻醉劑，於是疼痛的感覺漸漸變得鬆懈、麻痺，我的心情也比較穩定下來了。

可是，唔咿咿咿——嗡嗡嗡……鑽孔機尖銳的聲音開始在我的耳邊響起時，我的身體反射性地僵硬起來，心臟怦怦怦地快速跳動，緊握著拳的手掌掌心因為汗水而濕透——啊！真是的！多麼討厭的聲音呀！雖然為了治療牙齒，已經聽過很多次這樣的聲音了，但還是聽不習慣。

我閉緊雙眼，努力想一些和牙痛無關的事情。可是，很糟糕，出現在我腦海裡的畫面是：揮舞著鏈鋸，面露兇相的大塊頭男人。啊！真是受不了……

鑽孔器伸入口腔裡了，像殺人般尖叫的迴轉聲，加上機器摩擦牙齒時令人不舒服的震動，從牙齒傳達到下巴。

剛才的疼痛感覺只被短暫的遮蓋而已，更劇烈的疼痛排山倒海地來了。真的很痛，無法形容的痛……我腦子只剩下牙痛的感覺，意識漸漸地離我愈來愈遠，注射在牙齒與牙齦上的麻醉劑，好像也感染到腦子，因為我的意識也模糊起來了……

「噢。」

牙醫停止手的動作，發出感慨很深似的聲音。

「具有特徵的牙肉顏色、有點發黏的分泌液……嗯，這個果然就是。」

「SAMUZAMUSI……」

啊，又是冷颼颼，這間位於地下室的診療室確實冷颼颼的，今天早上的冬日天空也是冷颼颼的……

6

位於海邊的這棟建築物，是島上唯一的牙科醫院。這棟建築物雖然名為醫院，其實更像是一棟寂寥的「寺院」。不過，雖然用寺院來形容，但它又不像一般的「廟」，而是像建築在國境邊緣，原本沒有特定國家風味的建築，卻在歲月的過程中，混進了日本寺院的風采——就是這樣的感覺。

掛著「咲谷牙科」招牌的老舊平房，有著非常平凡的掛號處，負責接受病患來掛號的人，是一名中年女性；坐在診療室裡的醫生穿的是正常的醫師白袍，而不是什麼怪怪的僧侶法衣。大約是六十多歲的醫生雖然個子不高大，但是看起來相當結實、健壯。陪我來看病的妻子幫我說明我的痛苦，我自己本人則是痛得說不出話來。

「那真的很麻煩，一定非常痛吧！」

牙醫生正經八百地說著，並且瞇起眼睛，微微地笑了。

「不過，你來得正是時候。」

波濤起伏的海浪聲，從面對著大海的窗戶傳進我的耳朵裡。

「因為今天島上有人舉行喪禮。」

「啊，那是我的曾祖父。」妻子說。

「我知道。」牙醫生回答。「不知道為什麼，據說島上有人死亡後，『那個』的活潑性就會變高。」

「是呀！」

妻子非常正經地點點頭，然後一邊看著用手按著臉頰，愁眉苦臉的我，一邊說：

「他的牙齒一直很不好，又很害怕看牙醫，總是痛到無法忍耐了，才願意看醫生。通常那個時候都很嚴重了……所以我早就想過，如果有機會的話，要來這裡治療。」

如果有機會的話？——這話是什麼意思呀？

「不管是從前還是現在，蛀牙都是一種很難纏的毛病，而且大部分的人都不是因為喜歡才去牙科看診的，這是可以理解的事。」

牙醫生好像法師在說法一樣地說著：

「一般治療蛀牙的過程，說起來很像在做土木工程，沒有人喜歡自己的嘴巴內部被人那樣擺弄，而且不管是何種工程，或多或少都會有缺失，也會有保固的期限，往往會遇到必須重整的困境。就算要應用最先進的技術，也要用在最重要的地方，並且以最基本的方式做起。這一點夫人妳很清楚吧？」

「是，當然。」

「那、那個……」

我完全聽不懂牙醫生說的話，又覺得藥效好像快要消失了，因此感到很害怕。

「那個……到底……」我很想發問。

看到我的反應後，牙醫「啊」了一聲，然後看著妻子說：

「妳還沒有跟妳先生說過嗎？」

「唔，沒有。還沒有機會告訴他。」

「哦，總之沒有什麼好擔心的。」

牙醫的視線移到我這邊，又說；

「你放心，這是這個島上的人都會做的事情，很久以前大家就知道的事情。」

到底是什麼？他說的事情，到底是什麼事情呢？

不會是要幫我做什麼民間療法吧？——不會吧？不會吧？

「放心。」妻子微笑地說。「我以前也讓這位牙醫治療過，所以我的牙齒從來也沒有什麼病痛。」

啊！說得也是，確實沒有聽妻子說過牙齒痛的話，可是——

「可是，那到底是什麼——」

「好了，我們開始吧！」

牙醫不由分說地讓我坐在診療椅上，這是一張已經用了好幾十年，相當有歷史的診療椅。

「這個療法雖然不是大家熟悉的方法，但是在我知道的範圍裡，沒有比這個療法更有效的方法了。有不少專家聽說過這種療法後，還遠道專門來了解，可是這種療法有一些基本條件的限制，所以不是任何地方都可以進行的療法……」

「請問，到底要怎麼做？」

嘡噗！

聽起來好像是波浪的聲音。

牙醫離開內心忐忑不安的我的身邊，走到位於房間內部的架子前，從架子上拿下一個像籃球般大小的紅褐色罐子，再走回到我的身邊。罐子口上蓋著黑色的布，他把罐子放在診療椅旁邊的桌子上後，拿掉蓋子，再把木製的湯勺伸進罐子裡，慢慢地攪動。攪動了一會兒後，他用勺子撈起罐子裡的東西，把勺子裡的東西移放在早就準備好的大燒杯中。

「要用這個。」

牙醫指著那個東西對我說：

「SAMUZAMUSI。」

7

不是SAMUZAMUSII。

是SAMUZAMUSI，不是冷颼颼……啊！終於明白了。

意識迷迷糊糊的，一直好像在作夢的我，突然沉浸在奇怪的安心感中。

8

「那是棲息在這個地方的銀色鬚身上的寄生蟲，把牠移到在這附近的海域捉到的水母體內，到了某個階段再從水母體內取出來，放在裝著海水的罐子裡，避免陽光照射，放上幾個月……」

我一邊聽醫生說明，一邊目不轉睛地看著在燒杯裡蠕動的「那個東西」。

「牠」的大小全長大約四或五毫米，形狀像沙蠶，或蜈蚣、馬陸，但是身體幾乎是透明的，只有一點點淡淡的紅。

細長的身體上有很多短短腳。

好幾百隻那樣的東西在有點混濁的水裡蠕動著。這是……

這就是SZMUZAMUSI嗎？要拿這個東西做什麼呢？

「這個，就是治療蛀牙時要用的蟲。」牙醫師說。

藥效已經沒有了，臼齒再度劇烈地痛起來。我強忍著痛，牽動臉上的神經，問：

「蛀牙用的……蟲？啊……等一下，嗚……」

醫生不由分說地用力撬開我痛苦的嘴巴，把鉗子伸進我的嘴巴裡，挑出暫時塞在造成痛苦的牙齒裡的牙齒填塞物。

「嗚啊！」

我發出慘叫，連手和腳都忍不住抽動起來。

「來，請再忍耐。總之把這個——」

醫生說著拿起裝著蛀牙蟲的燒杯，靠近我的臉，說：

「現在把這個全部含在嘴巴裡，忍耐十五分鐘，不會有害的。請小心，盡量不要吞進去。」

「哇，不要，等一下，請等一下……」

可是我的嘴巴又被醫生不管三七二十一地撬開，在一旁的妻子則是用力按住我胡亂揮舞的手。

「不要緊，一點也不可怕的，來、來……」

已經不是害怕不害怕的問題了，嘴巴要被放進從來沒有聽過的，而且還是來歷不明的可怕生物，這……

有點黏糊糊的冰冷東西，一下子就被倒入我的嘴巴裡了，我忍不住地想要嘔吐，可是在我要吐出來之前，不知何時已經準備好的布製貼布已經貼到我的嘴巴上了。

「嗚、嗚嗚……」

「我知道這樣很不舒服，但是，你真的要忍耐一下。」

老實說，這種情況實在太可笑了。牙醫師按著拚命想掙扎的我的雙肩說著。

「剛剛放進去的蛀牙蟲裡最活潑的那一隻，會從牙齒潛進到牙根的神經，然後寄居在那裡。如果還有別的蛀牙，其他的個體也會一樣潛入那顆蛀牙的牙根神經，並且住在那裡。牠們不會從各自寄居的地點移動到別的地方，一輩子都會老老實實地待在自己的地方，牠們不會做出任何不好的事情，也不會製造麻煩，會完全地與周圍的環境相容。另外，牠們還會分泌壓抑疼痛的物質，所以……」

儘管他這麼詳細地說給我聽了，我還是無法接受。

我一直想抵抗，可是一個人的力量怎麼樣也抗拒不了妻子和牙醫兩個人合起來的力量，更何況我的身體根本無法按照我的意志使出力量。

幾百隻討厭的蟲子們就在這個時間裡，在我被封住的嘴巴裡爬來爬去、動來動去，牠們有時鑽動有時蠕動，偶爾還嘰嘰咕咕、嗶嗶吧吧地互相刺激……

這十五分鐘像在接受嚴厲的拷問般，就在我覺得快要完全失去意識的那一剎那，嘴巴上的貼布被撕下來了。吐出嘴巴裡的東西的同時，胃裡的東西也一併吐出來了。

但剛才痛徹心腑的劇烈牙痛，此時很不可思議地竟然緩和了……

9

「……乖乖！確實在耶！咲谷小姐，妳覺得怎麼樣？」

「要不要再用小鉗子拉出來看看？醫生。」

「我試試看——唔？顏色是黑色的。」

「好像很虛弱的樣子，一般來說那是『一輩子的東西』呢！」

「當然也有例外的吧？這是體質的問題吧？否則就是過度疲勞造成的。」

我迷迷糊糊地聽到他們兩個人那麼說著——我覺得應該是那樣。

「沒辦法，已經變得這麼虛弱了，只好我動手了。」

「實在太可惜了，好不容易才……」

「放棄吧！只好用普通的治療方式了。」

接著，我感覺到被麻醉劑麻醉了的臼齒裡，好像有什麼東西被咻咻咻地拉出去——我覺得應該是那樣。

10

那一天的治療結束，我終於完全恢復意識時，牙齒的痛已經大致平復了。

我一邊小心地用舌頭探索填入補牙物料的右下第二大臼齒，一邊說道：

「謝謝。」我低下頭，很老實地向石倉醫生和他的助手道謝。

「應該已經不那麼痛了吧！」牙醫師用手指推推茶綠色眼鏡的鏡框，微笑著說。「應該是你以前治療的地方因為抽除神經，最近開始有空氣跑進去，引起發炎造成的疼痛。現在只能先這樣處理，暫時每個星期要來兩次做治療。」

「唔，是……」

「那麼，就這樣了。請小心。」

從診療椅下來後，才一走動，我就感到輕微的暈眩。年輕的牙醫助理看我步履不穩的樣子，幫我打開診療室的門。

「那個——」我慢慢地開口，試著問道：「我SAMUZAMUSI……」

「什麼？」

她張大眼睛，不解地歪著脖子想了一下，才「啊」了一聲，說：

「對不起，這間診療室還沒有完全改裝好，所以冷颼颼的。」

「啊，不是的，是那個……」

「請小心。」

她微笑地說著。從微微張開的淡紅色嘴唇之間，可以看到她白色漂亮的牙齒，那樣的牙齒一定沒有蛀牙吧！

不可以開！

1

我常常想起父親那邊的祖父住的房子。

那是一棟基地相當寬闊的老式木造兩層樓建築物，位於我現在住的這個城市東區的相反方向——也就是西區的外圍。

那棟房子蓋好以後，聽說經歷過好幾次欠缺計畫的增建工程，所以房子的使用空間雖然變大了，沒有計畫的增建結果，讓整棟房子的外貌變得很奇怪。那棟房子不僅陰暗、潮濕，裡面還有許多寬度不一的走道……因為是一棟古老的房子，再加上蓋的時候施工不良，所以房子裡不僅有打不開的窗戶，也有因為漏雨而不能使用的房間。

不過，我並沒有在那棟房子裡出生長大，我出生長大的房子位於城市的中心地帶，那是一間租來的房子。

我的父親是次子，因為祖父母已經與長子夫婦同住了，所以身為次子的父親結婚後便搬出老家獨立。不過，每年父親或母親都會帶著我回祖父住的老家玩幾次。

我記得讀小學——應該是讀小三以前吧！每年都會跟著父母回去祖父家好幾次。每次去祖父家時，祖父總是獨自待在最裡面的日式客廳，他跪坐在掛著祖母遺像的大佛堂前，嘴裡老是唸唸有詞地說個不停，不知道在說什麼——我有這樣的記憶。

老家的後院裡，有一間與主屋沒有相連的小屋。

小屋的建築與主屋大不相同，是一間箱形的建築，骯髒的灰泥牆壁上爬滿了常春藤，高處有幾扇徒具其表的小窗戶，防雨的板窗永遠都是關著的。入口處是一扇堅固的黑門，這扇門也一直都是關著的，門上的把手和鑰匙孔周圍的金屬部分滿是鐵鏽，所以一定是很長時間都沒有被人打開過吧？——即使是小孩子，也很容易察覺到這一點。

這間小屋到底是做什麼用的呢？一直關著的黑門的後面，有些什麼東西呢？

不知道為什麼，我非常在意那間小屋。可是，拿這個問題去問父母時，他們總是告訴我「那裡很危險，不可以靠近那裡」，卻從來不明確地回答我那裡有什麼危險，為什麼不能靠近——我覺得是那樣。

有一次我去祖父家時，曾經試著想打開那扇門，大概是看到電視或漫畫上面的某些畫面的啟發吧！我把鐵絲纏繞在長釘子上，調整成鑰匙的形狀後，插進生鏽的鑰匙孔中。

「喂！不可以開！」祖父大聲阻止我。「不可以開！不可以開！」

祖父的聲音從來沒有這麼嚴厲過，臉上的表情也從來沒有這麼嚴肅過。但是，他的聲音與表情裡，也有著極度恐懼與害怕的成分——我覺得是那樣。

後院裡的那間小屋到底是什麼呢？

緊緊關著的那扇黑門的後面，有什麼東西呢？

在我的疑問還沒有獲得解答前，祖父就仙逝了。我的伯父、伯母很快就賣掉那棟房子和土地，搬到別的地方去了。後來我還曾經問過父母好幾次關於小屋的事情，但他們總是露出讓我覺得可疑的表情，然後把頭轉開，說：「不知道。」

2

妻子去如呂塚的古代遺跡玩了。

黃金週的後半段，朋友來我們家度假，她便陪朋友去那裡觀光。

那個朋友叫「小雅」，和妻子同樣是來自貓目島的女性，結婚以後住在岡山。他們夫妻和我們一樣沒有小孩，日子過得很自由，做丈夫的人很明理，所以做妻子的她經常可以一個人出去旅行。她已經來我們家玩過好幾次，和我也頗聊得來。不過，當妻子問我要不要和她們一起去玩時，我拒絕了。

拒絕的第一個理由是：連休之後馬上就會面臨截稿的日子，但目前寫稿的進度並不理想，所以……不過，一聽到「如呂塚的遺跡」，不知道怎麼的我就是不想去，這才是真正的原因。

最近我總覺得如呂塚這個地名很不吉利，我想起去年秋天遇到的怪事──「惡靈附身」事件……還有──那是什麼時候呢？我在通往深泥丘那邊的Q電鐵如呂塚線的沿線鐵軌附近，看到了不知道是什麼的怪景象，儘管那時的記憶已經模糊到想不起來的地步……

因此，我讓她們兩個人去看古代的遺跡，然後整日把自己關在書房裡，面對著個人電腦奮戰。

到了晚上，妻子獨自回來，小雅搭乘當天最後一班新幹線回岡山。這就是星期六發生的事情，翌日就是長長連休的最後一天了。

「如呂塚怎麼樣？」或許是我的心裡有鬼，我問看來很疲倦的妻子。「沒有問題吧？」

「沒有問題？……為什麼這麼問？」妻子覺得奇怪地反問。

「啊，沒事，沒什麼。」我含含糊糊地回答。

「雖然是連休的假日，但是沒有什麼人……其實根本是只有我們兩個人。」

妻子一邊走到客廳的沙發坐下，一邊說著。

「那麼安靜是很好啦，但是……如果老是那樣沒有人潮的話，如呂塚線這條電車路線，或許會面臨廢線的危機。」

「哦，那樣啊！」

「遺跡周圍處處拉著禁止進入的繩子，只能遠距離地看著遺跡……結果讓人覺得幹麼大老遠跑去那裡呢？」

「因為是很古老的遺跡，所以特別小心照顧吧！」

「以前可以靠近看的，我還以為這次去可以看到很多古代的遺跡呢！以前可以看到的，對吧？」

「——是嗎？」

我記得曾經和妻子去過一次如呂塚，但那是很久以前的事，很多事情已經想不起來了。那時是坐巴士去的？還是坐電車去的呢？我連這個都記不清楚了。

「對了，這是禮物。」

妻子說著，把她帶回來的紙袋拿起來給我看。

「我買了一個有點奇怪的東西。」

「在如呂塚買的嗎？」

「在遺跡附近一家餐廳兼禮品店買的。」

「是什麼奇怪的東西？」

「也不是什麼誇張的奇怪東西，只是有一點點怪。」

妻子露出惡作劇般的微笑，把手伸進紙袋子裡。

她從紙袋子裡拿出一個像廉價火柴盒般大小的褐色紙盒子，接著又拿出第二個，把兩個盒子放在沙發前面的圓桌子上面。

「因為覺得很有趣，所以我就買了兩個，你和我一人一個。小雅也覺得有趣，她也買了。」

「嗯，這個……」

我伸手去拿兩個中的一個，試著拿起來看看，意外地覺得還挺重的，再輕輕搖搖看，盒子發出沙沙沙的聲音。

褐色紙盒正面包裝的中央，有幾個文字——「古代之夢」，那是以相當大的粗體空心字印刷上去的。看來這幾個字就是這個商品的名字。

古代之夢

這幾個字的下面是小號的隸書體文字，那是相當誇張的文案。

讓上古的浪漫超越時空！

來吧！讓時光機帶你回到古代！

大發現！挖掘遺跡組合！

3

「什麼？這是什麼？」我拿著盒子，歪著頭問。

「上面不是說了嗎？『挖掘遺跡組合』。」妻子微笑地回答我說。

「裡面裝著什麼東西呀？」

「打開來看不就知道了嗎？」

我翻弄盒子，看看盒子的側面和盒底，但看不到說明書之類的文字，只有盒子正面有商品名稱和文案，但沒有製造廠商或銷售公司的名稱。雖說是當作禮物販賣的東西，但是這樣的作法也未免太粗糙了吧！好像是隨隨便便拼湊的假貨。

妻子已經拿起一個盒子，先打開來看了。

首先出現在盒子裡面的，是用塑膠袋密封起來的「磚塊」，那是一個約兩個香菸盒大小疊起來、紅褐色的正方體。

除了這個之外，還有兩件裝在塑膠袋裡的道具，一支小竹刀和一把小刷子。

挖掘遺跡的組合……這個就是嗎？

盒子裡還裝著摺疊起來的說明書。打開說明書，閱讀之後，總算有點明白了。紅褐色的「磚塊」是以砂子凝固而成的，而竹刀則是削砂子用的。也就是說：「遺跡」藏在砂子磚塊裡，用竹刀削下砂子，再用刷子掃掉上面的髒汙，這就是所謂親手完成「挖掘遺跡」的過程。

說明書上除了說明的文字外，還印有藏在「磚塊」裡的「遺跡」——物件的樣本——的照片。遺物有七種，享受「挖掘」出何種「遺跡」，就是這個組合的樂趣吧？這很像最近相當流行的，在便利商店裡賣的「食玩」[5]。

我粗略地看了一下樣品的照片。

扭動身體，像在跳舞一樣的，是一般人所熟悉的人物土偶，人物土偶有兩種，一種是男性，一種是女性。此外還有仿照狗和馬做成的動物土偶，及「勾形玉珮」和「臼玉」各一種，最後的一種也是一般人熟悉的，以「邪惡的巨大傀儡」為形狀的「遮光器土偶」——當然了，這些都不是真正的古跡遺物，但是卻製作得十分逼真。

全部挖掘，蒐集齊全了嗎？那麼，你已經成為古代人了！

看到加注在照片後面的煽動性文字，我不自覺地自言自語說：「喂，不對吧？」因為應該是「考古學家」，而不是「古代人」吧？真想拿起紅筆來改。

「耶，你不覺得很用心嗎？」妻子徵求我的同意似的問。

我點點，表示同意。

雖然我覺得應該把「古代人」修改為「考古學家」，但是不可否認的，這確實是相當用心的商品，可惜被包裝在那麼粗糙的盒子裡。

「買的時候，店裡的人有試給我們看過了，很有趣吧？」

「啊，嗯。」

「不知道這裡藏了什麼？我希望我的是人偶。」

妻子說著，很快把報紙攤開在桌子上，開始了她的「挖掘作業」。

4

約十分鐘的作業時間後，妻子從磚塊裡削出了「勾形玉珮」。

刷去汙垢，出現的竟然是相當漂亮的綠色玉珮，我忍不住想，或許這個「勾形玉珮」是用真正的翡翠做的呢！不過，妻子好像並不滿意，所以嘟著嘴巴。因為削出來的不是她想要的東西嗎？

「你的是什麼？如果是人偶的話，要給我哦。」

在她的央求下，我也開始了「挖掘作業」。

磚塊的砂子軟硬度凝固得剛剛好，用小小的竹刀子削，就可以刷刷刷地削下砂子。大約削了兩、三分鐘，我便覺得好像削到硬硬的東西了，即使削出來的是超級簡單的商品，看到物件的那一瞬間，也會覺得很開心吧。

來吧！到底會出現什麼呢？

是土偶？是玉珮？還是……？

我不時地瞄一眼攤開在旁邊的說明書，並且繼續手上的「挖掘作業」。但是——

終於看到我削出來的東西後，我不禁感到驚訝與迷惑。不知道為什麼，這個東西和說明書上明載的七種物件截然不同。

那是一支長不到五公分的「棍子」，棍子上有著大約是十圓硬幣大小的「頭」——那是一把陳舊的鑰匙。

5

我用組合裡面的小刷子掃掉發黑的鐵製鑰匙上面的砂子，發現鑰匙上到處都是生鏽的痕跡。

奇怪了，這樣的東西怎麼會被埋藏在「古代之夢」的磚塊裡呢？——我實在想不通。是在商品的生產過程中，不小心混進去的嗎？——這是有可能的吧！不過，如果說這個東西是所謂的「神祕物件」呢？——這也是有可能的吧！但是，「古代之夢」的「神祕物件」是「生鏽的鑰匙」，這好像很奇怪。

「這是什麼？好奇怪呀！」

妻子挪動身體，湊過來看那支鑰匙。我看了妻子的臉一眼，並且在那一瞬間產生了一個懷疑，會嗎？會是妻子的惡作劇嗎？——不會、不會，不可能的。

以物理上的條件而言，這當然不是什麼不可能的工作，但是要完成這樣的東西，絕對要花相當多的時間。而且，妻子有必要做這種事嗎？——沒有，完全沒有。

「奇怪了。」

「真的很奇怪。」

「有什麼問題嗎？」

「一定有什麼問題吧？」

妻子和我百思不解，你一言我一語地說著。

於是，我從工具箱裡找出砂紙，開始磨拭鑰匙，鑰匙上的鏽有些被磨掉了。再仔細看——樣式古老的棒狀鑰匙最上面，有著非常複雜的刻紋，圓扁的鑰匙頭的部分，刻著很多不知道是什麼的細緻圖案。圖案……不，不對，那不是圖案，因為看起來更像是「文字」或是

「記號」。可是，不管是文字還是記號，都是我以前從來也沒有見過的，奇妙又古怪的……

「到底是什麼呢？」我一邊低聲說著，一邊偷看妻子的反應。只見她動了動嘴唇，好像想說什麼，結果卻什麼也沒有說，只是輕輕地搖搖頭。

6

姑且不管這種東西為什麼會放在磚塊裡，光是為什麼會有這支不知道有什麼作用的鑰匙出現，就先大大地引起了我的注意。不過，這天晚上我盡量不去想這個問題，專心致力於交稿期限迫在眉睫的稿子上。

好久沒有熬夜寫稿子了，我努力到上午九點，覺得或許可以在明天完成稿子的同時，體力終於用盡了。最近一直過著正常的白天生活，所以偶爾一次的熬夜，還可以撐得過去。

變得輕飄飄的身體一擺平在床上後，我就馬上陷入深沉的睡眠之中。在那樣的睡眠裡，我作了一個非常可怕的夢——我覺得是那樣。

7

結束連續假日後的星期一晚上，我終於把完成的稿子的檔案，傳送到編輯部。

交稿之後，我覺得筋疲力盡，倒頭就睡，第二天早上醒來後便去散步，已經好久沒有散步了。在散步的時候，我下意識地拿出放在上衣口袋裡的鑰匙，然後——

我從沒有注意過散步時會走過什麼樣的景物，但是現在那些景物一一跳進了我的眼睛裡。

例如：不知道是哪個大老闆住的豪宅，圈住豪宅的高聳牆壁下的後門；例如：幾個月以前就關門大吉，變得十分骯髒的老咖啡店大門；又例如：神社大殿前的柵門或賽錢箱；還有，大馬路邊的骨董店櫥窗裡，沉重的裝飾櫃抽屜；遠離住宅區，位於山腳下，占地廣闊的Q藥廠實驗農場入口處的大鐵門……

我很想拿出口袋裡的鑰匙，把鑰匙插進那些物件的鑰匙孔裡，即使看起來形狀和大小與口袋裡的鑰匙明顯不符合的，我也很想試試看。我莫名其妙地想著，那些鑰匙孔中的某一個，會不會正好與我手上的鑰匙吻合呢？所以……我努力地控制著那樣的行動與妄想……

……就是那天晚上。

我又作了可怕的夢。

我以前一定也作過相同的夢吧！以前從夢裡醒來時，完全想不起來夢的內容，但是這次不一樣了。

夢裡的主角是小時候的我。

那是年紀大約七、八歲，還只是小學三年級左右的我，我去祖父住的房子玩的夢……

我穿過錯綜複雜的陰暗走廊，跑到房子的後院，右手伸進短褲的口袋裡，當我的右手從口袋裡伸出來的時候，手裡握著一支鑰匙——是從「古代之夢」的磚塊裡削出來的那支生鏽的老鑰匙。

被藤蔓密密麻麻地包圍起來的箱形建築物就在我的眼前，建築物的黑門緊緊關閉著，我獨自站在黑門的前面，然後——

我伸出左手，握住生鏽的門把，並且試著把右手上的鑰匙插進鑰匙孔裡。

鑰匙與鑰匙孔是吻合的。

我把力量放在捏著鑰匙「頭」的手指上。

嘰哩、嘰哩哩哩哩……開始轉動鑰匙後，鑰匙孔發出沉重的聲響。

就在這個時候，突然——

「不可以開！」祖父驚慌失措的聲音從我的背後傳來。

「不可以開！不可以開啊！」

可是，祖父的嚇阻已經來不及了。

伸進去的鑰匙已經無法停止轉動，門的鎖被開啟的金屬聲，清清楚楚地傳進我的耳朵裡。

「不可以開！」祖父叫道。「不可以開啊！」

我的視線從祖父扭曲的臉上移開，重新看門的那邊，看到了正在慢慢打開的門，於是——

於是，我終於明白了。

正如祖父警告的：不可以開那扇門，絕對不可以開那扇門。

「不可以開！」祖父瘋狂地繼續叫喊：「不行！不可以開！開了會有無法挽回的事……」

……是嗎？我做了「無法挽回的事」了嗎？我做了……啊，我做了可怕的事情了。

後悔也沒有用，眼前的黑門持續在開啟。

慢慢地開。

緩緩地往裡面打開。

被封印在那裡的「什麼」的手……

……尖銳可怕的叫聲響起時，我從夢裡醒來。

8

就這樣，我每天晚上都作著相同的夢。而且，就算從夢裡醒來後再睡著，也會再作相同的夢。就這樣反反覆覆地持續到天亮。

反覆作夢的結果，讓我變成害怕「睡覺」，於是好不容易有點改善的失眠症狀，又回來了。因為害怕睡覺而睡不著。這種情況持續下去的結果，就是陷入想睡卻害怕睡不著，於是不敢睡覺的病態狀況。

情況實在太糟糕了。

連著三天幾乎完全沒有睡覺後的天亮那天，我覺得自己已經到了極限，非去醫院不可了，便去了深泥丘醫院。

9

被叫到名字，一進入熟悉的診療室，我連詳細的情形都來不及說，就表示：

「總之我睡不著，請給我藥。」

聽到我的訴苦後，左眼戴著茶綠色眼罩的石倉醫生「哦哦」了兩聲，瞇著右眼，說：

「你看起來確實很沒有精神呢！工作很累吧？因為工作而睡不著嗎？」

「不是，是……是因為作惡夢，所以睡不著。」

「惡夢？怎麼樣的惡夢？」

「是……那個……」

「多久沒有睡了？」

「已經三天沒有睡覺了。」

「呵呵，那很辛苦吧？」

醫生一邊點著頭，一邊身體靠近桌子，然後拿著筆埋頭寫病歷表。

「當然會給你開藥。不過，這種狀況如果持續惡化的話，要不要考慮接受精神科的心理諮詢？我雖然不是這方面的專家，但是可以介紹好的醫生給你。對了，就是Q大的真佐木教授。」

「啊！不……那個……不需要到那個地步吧！不要緊的。」

「是嗎？看起來不像不要緊呢！不過，既然你這麼說，那就看看情況再說……」

醫生說著，又繼續埋首寫病歷表。我看著他寫病歷表的時候，忽然注意到「一個東西」，忍不住發出「啊」的聲音。

「怎麼了嗎？」

「啊，是有點事。那個——在那裡的那個東西是……？」我指著桌子上面說。

放在檯燈前面的茶綠色鉛筆盒裡，有一個我似曾相識的物件。

「那個東西……是不是……」

「啊，你說這個嗎？」

石倉醫生的臉上看不到任何驚訝的表情。他拿起「那個」，說：

「這是遮光器土偶，複製品，做得還不錯吧。」

「那是如呂塚遺跡的複製品嗎？」

「沒錯。」

醫生笑著點頭，又說：

「上個月去了如呂塚的遺跡參觀，買了好幾個『古代之夢』。你也買過那種東西嗎？」

「不是的，是……好吧，是那樣的——」

我一邊語無倫次地說著，一邊在上衣的口袋裡找著，記得今天有把那支鑰匙帶出來……找到了。

「請你看看這個。」

我把在口袋裡找到的鑰匙拿出來給醫生看，並且將得到這支鑰匙的經過，大致說明了一遍。聽到我的說明後，這回輪到醫生發出「啊」的驚訝聲了。還搞不清楚是怎麼一回事，醫生已經從我手裡拿走鑰匙，以非常驚訝的眼光注視著鑰匙，臉上的表情變得不一樣了。

「那個——」

我才要開口說話，就聽到醫生感觸良多似的，深深地長嘆了一聲。

「我想請你幫個忙。」醫生一臉正經地表示：「現在可以和我去一個地方嗎？」

「現在？」我有些慌亂了。「請問，要去哪裡？」

「不必擔心，要去的地方並不遠。」

石倉醫生握緊從我手裡拿走的鑰匙，壓低了聲音回答：

「就在這裡的下面。」

10

石倉醫生帶著我往前走，進入了前往這棟四層樓鋼筋水泥建築地下室的電梯中。電梯經過今年剛成立的牙科診療室的地下一樓，繼續下降到地下二樓。在電梯裡的時候，醫生面容嚴肅，一直沉默不語，我也是一句話都沒有說。

出了電梯，我緊跟在醫生的後面走著。不知道經過幾個房間，只知道走道的兩邊有好幾扇門。轉了幾個彎後，終於來到走道的盡頭。那裡有一條往下的狹窄階梯。

這裡有地下三樓嗎？

不知道為什麼，知道這裡還有地下三樓後，我竟然有著不安的感覺。

「來，這邊。」醫生在前面催促我。

「有點暗，小心腳下。」

突然聽到後面有女人的說話聲。我嚇了一跳，回頭看，那位我所熟悉的咲谷護士不知何時已經站在那裡了。

「來，請走這邊。」

醫生再度催促，並且開始下樓梯。我的身體因為睡眠不足而覺得輕飄飄的，只好用手扶著牆壁，跟在醫生的後面慢慢走。

終於到達地下三樓了。這裡和上面的空間配置不一樣，只有一條和階梯一樣狹窄的走道直直向前延伸，看不到房門之類的東西。天花板很低，不僅增添了空間的閉塞感，也讓人感覺到強烈的濕氣……一點都不像是在同一棟建築物裡。這裡不像醫院的地下樓層，倒覺得像是洞窟之類的地方。

石倉醫生依舊一語不發，在陰暗的走道上繼續往前走，我好像被走在後面的護士推著走一樣，跟著醫生往前走。就這樣——

直直往前走了相當久後，醫生停下了腳步。

我戰戰兢兢地走到醫生的身旁。

走道盡頭的地方，有一扇黑色的門，怎麼看都覺得那是一扇相當有歷史的舊東西，門板髒兮兮的，門把和鑰匙孔周圍的金屬部分已經完全生鏽……

我停止呼吸，身體僵硬了。

石倉醫生斜眼看了看我的樣子，然後右手舉起剛才從我手中拿走的鑰匙，向前跨一步靠近那扇門。

啊……不會吧？強烈的急切感和恐懼感，在我的心中快速膨脹。

不會吧……要用那支鑰匙開這個門嗎？

「不，不行！」我好不容易才發出這樣的聲音，但是醫生並沒有因此停止動作，鑰匙插入門上的鑰匙孔了，正好吻合。醫生慢慢轉動鑰匙了。

「不行——不可以！」我兩手抱著頭，一邊後退、一邊喃喃說著：「不可以，不可以開……」我拚命地想阻止，可是醫生好像完全沒有聽到似的。

「不可以開，不行，啊！不行呀！請不要開，不要開……不要開啊！不可以開啦！」

我叫著，叫聲像在夢中聽到的祖父的叫聲一樣瘋狂，可是——

嘰哩，嘰哩哩哩哩……沉重的嘎吱聲後，鎖完全開了。

「嗚、哇！」

喀嚓金屬聲傳入耳中的同時，我發出了哀號般的叫喊聲。

「嗚哇！嗚哇哇哇哇哇——」

因為害怕，我抱著頭持續地慘叫著。站在我後面的護士頻頻說著「請冷靜一點」之類的話，可是我的情緒就是無法平靜下來。

「好了、好了，冷靜一點。」石倉醫生回頭對我說。

「不會有事的，用不著這麼害怕。」

「可是──」

「沒事的，喏，這個還你。」

醫生說著把手伸向我，在他的手裡的，是從鑰匙孔裡拔出來的鑰匙。

「託你的福，這扇門終於能好好關起來了，這樣就可以放心了。」

六山之夜

1

和我共搭電梯的是三名男女——兩名男士、一名女士，三個人的年紀看起來都比我大上幾歲，身上都有某個部位的傷。

一個男人用三角巾吊著右手臂，另一個男人拄著枴杖，至於女人則是脖子上纏繞著紗布——都是這個醫院的住院病人。

「正好還有十分鐘。」

「上面大概已經有很多人了吧？」

「但是，今年好像沒有往年那麼多人。」

「從今年開始，基本上只有和醫院有關係的人才能來，玄關大門上貼了這樣的告示。」

「因為去年人太多，太混亂的關係吧！才會那樣……」

「啊，去年你也住院嗎？」

「不，沒有，因為我家就在附近，所以以前每年都會來打擾。今年正好腳骨折了……」

他們三個人好像是熟人，在電梯裡你一言我一語地交談著。

「發生骨折是倒楣的意外事故，但是卻因此今年也可以在這裡觀賞。就這點而言，可以說是幸運吧！」

「這上面的視野很好，可以看得很清楚。」

「是啊……」

我看看自己手腕上的錶，確定時間。

晚上七點五十一分——從剛剛還有十分鐘變成只有九分鐘了，按照慣例，這個活動開始的時間應該是八點。

「每年到了這一天，不知道怎麼搞的，總是覺得很興奮。」

「好像沒有看到，就覺得夏天還沒有結束。」

「唔，簡直就像……」

確實是的，我也這麼想。

我住在這個老城市很久了，這個城市有悠久的歷史，有很多名勝古蹟，當然也有許多眾所周知的傳統活動與節慶，為這個城市吸引了無數觀光客。

因為我是本地人，經常看到這個那個的活動，而且從很久以前就覺得生活中的活動太多，所以對於節慶活動的事情並不特別感到興趣。再加上我原本就不重視所謂的鄉土情，基本上也覺得那根本不重要，更何況，混在一堆觀光客中，總是會覺得很鬱悶、不自在。

不過，很奇怪的，我唯獨對今天晚上的這個活動有興趣。

這個城市的眾多傳統活動中，我只對這個活動感興趣，唯有這個活動讓我的心有蠢蠢欲動的興奮感。我想不只我對這個活動有這種感覺，住在這個城市裡的許多其他人，也多多少少有這種感覺吧！

八月十六日。

今天就是所謂「五山送火」的節日。

這一天，以我住的東區的人文字山為首，圍繞這個城市的眾多山中，共有五座山的山坡空地上，會用火排出巨大的文字或圖案。排列在人文字山上的字是「人」，所以被稱為「人文字的送火」、「人文字燒」，這個活動恐怕是這座城市在夏季時最有名的夏日風情。

電梯只能到達四樓，接下來就必須自己爬樓梯，才能上到屋頂。

拄著柺杖爬樓梯一定很累，但是好像也不需要我幫忙。從電梯裡出來後，我對著那三個人輕輕點頭示意後，就率先往樓梯那邊走去。

「對了——」

我聽到背後女人說話的聲音。

「聽說今天晚上是六山唷。」

「哦——」那兩個男人如此反應著。

「真的嗎？」

「那就太好了，這一次骨折的意外，果然很幸運……」

今天晚上是六山……啊，是嗎？果然是那樣嗎？

多麼奇妙呀！——我緩緩地晃著腦袋想著。但是，話雖然這麼說，其實我不是很明白自己心裡的真正感受。

2

「有時間的話，十六日可以來這裡，醫院會配合送火的時間，開放屋頂讓大家觀賞送火的情形。」

一個星期以前，深泥丘醫院的石倉醫生如此邀請我。

「不是我說大話，從這裡可以看到全部的五座山。」

「真的嗎？五山都可以看到？」

「只有人文字山的『人』因為角度的關係，看不太到『人』的形狀。」

「即使是那樣，從這一帶可以看到五座山也很難得了，真的很難得。」

「是吧？」我的反應讓醫生露出滿意的微笑。

「登上深泥丘後，『人』就變成在山的背面，完全看不見『人』字了，但醫院處在絕佳的位置，雖然看不到字，卻還是可以看到送火情形。因為都市的發展，阻礙視線的建築物一直在增加，因此不管是哪一個地區，好的觀賞點都一年年地減少了。」

「是呀！」

「請你太太一起來吧！」

醫生這麼說著，手指碰了碰覆蓋在左眼上的茶綠色眼罩。接著說：

「今年規定只有住院的病人和醫院的員工及家屬，可以到醫院的屋頂觀賞送火的情形。」

「我可以去嗎？我不是住院的病人呀！」

「沒有關係，沒有人會檢查誰是住院病人、誰不是，萬一遇到有人問，你就說是我邀請你來的……」

今年夏天我的身體一直令人不太滿意，老是覺得哪裡不舒服。本來很想置之不理，把不舒服的感覺勉強拖過去就好了，可是來到七月中旬後，好像怎麼樣也拖不下去了。睡不著、頭痛、身體微微發熱……連著幾天出現這種情形後，我終於還是到醫院找醫生了。這一天的前晚，因為又發生了許久不見的暈眩情況，讓我對自己的健康狀況感到很不安，所以決定隔天就去醫院。

到了醫院的時候，一些症狀其實都已經不見了，不過為了小心起見，還是做了幾項檢查。很幸運地，檢查的結果是一切正常，不管是腦部還是負責平衡感的內耳器官，都沒有發現任何異常的狀況。於是，醫生診斷我是「自律神經或壓力過大的問題」吧，接著便下達指示，依然要我「過有規律的生活」、「適度的運動」、「最好戒菸」……

接下來我們談到一個星期以後的「五山送火」。不知道是誰先提起這個話題的，總之是在很自然的情況下，進入了這個話題，就這樣——

「起源是一個謎吶！」

石倉醫生好像很有研究似的，開心地談起了這個傳統的由來。

「自古以來進行『送火』這個地方風俗活動的時間，就是盆會結束的八月十六日晚上。不過，真的是那樣嗎？最近大家似乎都在討論這個問題。」

「結論是什麼呢？」

「我想你應該知道，所謂的『盆』，是中國的佛教盛典『盂蘭盆』的簡稱，在日本稱為盂蘭盆會。而盂蘭盆的語源來自梵語的『ULLAMBANA』，意思好像是『倒懸之苦』。好了，先不說這個——

「現在在日本進行的盆會活動，首先是八月十三日焚燒『迎火』，迎接祖先的靈魂回家，然後在十五日或十六日焚燒『送火』，送祖先的靈魂回去黃泉之國，一般盆會的風俗就是這樣。因為迎火和送火都是在家門口燒火的，所以合稱為『門火』，五山送火基本上就是『門火』的一種。不過，如果結論只是這樣而已，會不會太簡單了呢？」

「還有不同的說法嗎？」

「首先就有人提出『既然有燒送火的活動，為什麼沒有燒迎火的活動呢？』的疑問，沒有把火迎進門，怎麼把火送出門呢？」

「但是……」才張開嘴，我就馬上閉嘴。

畢竟談論宗教性的事情或作解釋，對我來說最後都會變成無謂的言論，所以我還是不要多嘴的好。

夏天的夜空裡，短暫地浮現在黑暗中的巨大火文字，那是多麼脫俗的光景啊！那是有如夢幻般的美景，是由一群火焰形成，只存在幾十分鐘的虛幻風景——對我而言，火文字有這樣的「意義」就夠了。考據火文字的來源之類的事情，反而讓我覺得是破壞這個「意義」的障礙，是殺風景的事……

「每次看送火，我總是非常感動。」我說。

然後慢慢眨了眨眼又說：

「可是，很久以前的人在山坡上燒火把，用火把排成文字，有些人會覺得這是毫無道理的事情吧？」

「是呀！」

醫生點頭，摸摸滑溜的圓下巴，接著說：

「據說迎火的活動已經有千年以上的歷史了，不過到底是從什麼時候開始的，並沒有明確或正式的記載。至於這個活動是從誰開始、怎麼開始的，當然更是眾說紛紜，不清楚事實到底如何。而寫在山坡上的火文字為什麼是『人』、是『永』、是『虫虫』，也同樣有很多說法，沒有定論……」

被寫出來的文字當然是每座山不一樣，人文字山以外的四座山，依次是——

位於城市西邊的水魚山是「永」字。

位於城市西北邊的龍見山是「人」，這不是我們平常熟悉的文字，大家把那個字唸成HI[6]，或許原本就是「火」字吧？聽說是「火」右邊的短撇後來被拿走了，因此變成了「人」這樣的字。還有一說是：為了和人文字山的「人」做區別，所以才在「人」的左邊加一畫。

位於城市北邊青頭山的是「⦶」，這個圖案一般稱為「眼形」。因為很像貓的眼睛，所以地方上有許多人用「貓眼」來稱呼這個圖案。

另一個就是並列於城市東北邊的耳山和刀山的「虫虫」。並列的兩座山上各寫了一個

「虫」，雖然是兩座山兩個字，但是被合併為一山一字。

「對了，好像還有一個說法是：很久以前並不是五山，而是十山。」

我突然想到這件事，便隨口說了。

「是有這個說法。」醫生馬上點頭說：「江戶時代快要結束前是十山，確實有這樣的記載。但是明治維新[7]後，十山慢慢減少，到了昭和時代[8]剩下五山，從此不再減少，一直維持到現在。」

「明治維新以後才開始減少的嗎？那麼不是很久以前嘛！」

「是啊，不過十山的時候，一定很壯觀吧！」

「其他山上的文字是什麼？」

「根據我看過的文獻，另外的字是日文平假名的『み』、漢字的數字『二』、『天』及『ㄣ』，還有一個字好像是『鬼』字。不過，哪一座山是哪一個字，現在已經不清楚了，雖然說不是很久以前的事，但是……」

這個腦神經科的石倉醫生好像不僅是鐵道的時刻表專家，也是鄉土史的愛好者。

「總之，下個星期有空的話，請務必大駕光臨。」

6 日文「火」的讀音。
7 日本明治時代始於西元一八六八年。
8 昭和時代始於西元一九二六年。

我要離開醫院時，醫生還一再邀請，最後還露出故弄玄虛般的笑容，說：

「聽說今年好像是六山之年唷。」

3

不知道為什麼，雖然我是第一次踏入深泥丘醫院的屋頂，卻對這個地方有很強烈的似曾相識感。

這種感覺不是來自鋪著水泥的骯髒地面、將屋頂圍繞起來的鐵條圍欄，或是樓梯間和水塔，而是來自建築在屋頂中央，那棟像閣樓的建築物。那是純日式的木造建築，和周圍冷清的風景非常不協調。不知為何，我覺得以前好像見過這個建築……

嘰咿，嘰咿咿！

不知是何種鳥的巨鳥尖銳叫聲，從這個夜晚裡的某個地方傳過來。就在這種感覺中——

「啊，不行、不行，這樣不行呀！」我喃喃說著，又慢慢地搖了搖頭。

此時，屋頂上已經聚集了不少人，我大約算了一下，將近有二十個人吧！其中有一、兩個是坐輪椅的病人，他們是在醫院的工作人員協助下，被抬到屋頂的吧！

悶熱的夜晚因為山丘那邊吹過來的風而變得涼快，讓人非常舒服，我仰頭看著夜色愈來愈深的天空，和聳立在黑暗中的人文字山，從這裡看的話，幾乎是正南的方向。

「這個角度確實很難……」石倉醫生也說過了，從這個位置看的話，無法看到人文字山上的送火文字。

晚上八點整。

第一支火炬一進入設在山坡上的火床，聚集在屋頂的人們便開始發出嘈雜的討論聲。雖然從這個屋頂上只能橫著看到「人」字的左側，但是從這個左側去想像「人」字的全體，其實也很足夠了。

「一個人來的嗎？」背後有人跟我說話。

我一回頭，馬上就看到石倉醫生了。今天晚上他沒有穿醫生的白袍，胸前當然也沒有掛名牌。他到底是不是腦神經的石倉（一）醫生呢？我只能從眼罩的位置來確認了。

「我太太也很想來，但是她娘家臨時有事，所以不能來了。」我回答說。

「啊，那太遺憾了。」

「真的很遺憾，我很想見見她呢！」

說這句話的人是站在醫生斜後方的年輕女子，正是這家醫院裡的女護士咲谷小姐。她現在也沒有穿著護士的制服，而是穿著即使在晚上，看起來仍然很鮮豔的紅色襯衫。

「聽說你太太是貓目島的人，是嗎？」

「唔，是的。」

「那麼，哪一天一定要……」

護士話才說一半，就突然叫道：「啊！快看！」然後接著說：「要點燃『永』字了。」

她的右手伸向右邊的天空，並且往那個方向跨了一大步。

遠遠西邊的水魚山上，要寫出「永」字的火炬已經亮了。

黑暗的屋頂上，人聲逐漸沸騰，聚集在此的人影也開始移動了。晚上八點點燃「人」字的火之後，經過若干的時間差，其他山上的文字也會陸續點火。「永」字之後是「火」，接著的「⦷」和「虫虫」幾乎是同時點燃的，各山山上的火焰燃燒時間，會因為天候的情況而有不同，不過，通常都持續不到三十分鐘。

「『永』字原本應該是『水』字。」站在我旁邊的石倉醫生低聲地說著：「就像『人』原來是『火』一樣，變形了。」

「聽說過『人』是由『火』變形來的，『永』也是變形之後的字嗎？」

「你知道從什麼時候開始變成現在這樣的嗎？」

「不知道。」

「二次大戰結束後不久……大約是五十幾年前的事，那一年，兩座山上的字同時變成現在這樣。」

「這麼近期的事？」

「沒錯。」

我偷瞄了醫生的側面，他的視線直直地看著「永」字的方向，身體一動也不動，完全不看我這邊。

「你記得嗎？」醫生繼續說：「如呂塚的古代遺跡被發現的時間，是六十年前，那時大戰剛結束不久。就在那個時期，這個城市也發生了水的惡靈或火的惡靈作祟的事……」

在說什麼呀？那一瞬間我感到強烈的疑惑。

水的惡靈？火的惡靈？這個醫生到底想說什麼……

那是去年的……對，去年秋天快結束時發生的那件事，被惡靈附身的女人浮屍深蔭川的事……

還不到一年的時間，為什麼我的記憶就變得這麼模糊了？——這回是對我自己感到疑惑。

「那件事情和送火的活動有什麼關係嗎？」

我一邊對自己感到疑惑，一邊惶恐地問道：「因為忌諱、害怕惡靈，所以不敢使用『水』和『火』這兩個字嗎？」我自問自答地說著。

但石倉醫生卻一臉無辜的樣子，非常隨意而含糊地回答：

「我不知道啊，只是覺得很巧合而已。」

「對了，醫生。」

我再度窺視醫生的側臉，問道：

「上一個星期你說今年是六山之年——莫非『那個』也是同一個時期開始的嗎？」

「不知道耶。」醫生回答的態度還是很隨意：「好像也有這樣的說法，但是實際情形到底如何，就不知道了。」

他的答案很模糊。

4

「聽說今年的送火有六山。」

上個星期從深泥丘醫院回家後，我這麼告訴了妻子。

她說：「真的嗎？」又說：「好幾年沒有六山送火了，一定很有趣。」

我對她的反應感到十分困惑。

「喂……妳知道？妳知道有六山之年的事？」

「你不知道嗎？」妻子馬上反問我，我卻語塞了。

「你也真是的！連這麼重要的事情都忘記了嗎？還是你原本就不知道？」

妻子一臉莫可奈何地接著說：「明明住在這個城市的時間比我還要久，卻……」

這兩、三年來，我已經有好幾次被她這麼說了，最近我好像已經習慣她這麼說我，所以偶爾我會對自己說：「嗯，也會有那種情況吧！」卻不去深入地思考為什麼會有這樣的問題。

「聽說直到江戶時代都還是十山送火，是哪一座山恢復送火的活動嗎？」

我把我的想法說出來，但妻子卻露出更加無法理解我的表情。

「不是啦。」她說：「第六座山是保知谷的無無山。」

「唔？有那樣的山嗎？」

「無無山是紅叡山的前峰之一。」

妻子很無奈似的，簡單地為我做講解：

「城市東北邊的郊外有一個地方叫保知谷，那裡是連公共汽車也沒有行駛到的偏僻地方。」

「哦？第六座送火的山就在那裡嗎？」

「那座山好幾年才有一次送火的活動，有時候是四年，有時候是六年，到底間隔幾年舉行一次，並沒有固定的規定。該年要舉行『送火』的活動時，也不會發布『今年要舉行』這類的消息……總是靠著大家的口耳相傳。不過，口耳相傳這種事有時是正確的，有時卻不一定是正確的。」

雖然妻子如此說明著，但我還是一點印象也沒有，只好曖昧地一邊點頭，一邊又問道：

「那，第六座山的山上寫的是什麼字？」

「這也不一定了。」

「什麼？」

「有的時候是文字，有的時候是記號，也有的時候是圖案，沒有一定。每一次都有變化，只有地方的保存會的人知道那一年會出現什麼樣的送火，而且在送火當天以前都要保密，不能讓外人知道當天會出現什麼樣的送火。所以可以說，在還沒有點燃送火以前，人們都不知道第六座山會出現什麼樣的送火。」

「……」

「說實在的，我一次也沒有看過六山送火，總是因為時機不對而錯過了，所以對六山送火很感興趣，今年應該可以看到六山送火了吧？」

「嗯。」我低聲應著，手掌輕輕拍著自己的臉頰。

記憶還是很模糊。

我應該只是不記得，以前一定曾經看過「那個」吧？從小孩子的時候開始算起的話，應該不只一次或兩次遇到「六山送火之年」……我努力地想要回想起來，可是……不行，還是……

「唉，你沒事吧？」妻子問我，把我叫回到現實。

「你暈眩的症狀已經好了嗎？」

「啊，是……嗯。」

因為這樣——

妻子當下興致高昂地決定十六日的晚上要和我一起去深泥丘醫院看送火的活動，但是前天下午，妻子貓目島的娘家那邊突然傳來噩耗，讓妻子臨時又錯過了這次的六山送火。

妻子家一直住在貓目島的大伯母過世了，雖然是我沒有見過面的人，但是妻子說她小的時候曾經受到那位伯母非常多的照顧。

「我一個人去就好了。」她這麼說著，便開始為了出遠門做準備。

「很遺憾這次我又看不到送火了，你要好好看，除了你自己那一份外，我的那一份也要看。」

5

點燃龍見山上的「火」後不久，北邊的「⦶」和「虫虫」的火炬剛剛點著時，聚集在屋頂上的人數比我剛到時多了一倍。

住院病患人數與外來人數的比例如何呢？因為不是可以好好觀察的場合，所以無法正確地判斷。不過，靠著放眼看過去的感覺，像和我一起搭電梯上來的那三個人一樣的傷患相當多，手臂吊著三角巾、拄著柺杖、脖子上纏繞著紗布的……坐在輪椅上的人數也增加了。

避開混亂的人群，我走到屋頂的南端。從這裡看，「人」字的火勢已經衰微、變暗了。即使靠著圍欄看，因為水塔的阻礙，只能看到「虫虫」的一半，但是可以清楚地看到「⦶」的全貌。遠離了聚在屋頂上人群的腳步聲與說話聲後，我下意識地鬆了一口氣，很想抽支菸。但是，我也知道這裡不是可以抽菸的場所，只好忍耐下來。

「那裡——不要靠近那裡喲！」

突然，我聽到有人這樣告訴我。說話的人是穿著紅色襯衫的年輕女護士。

「妳說這裡嗎？」原本背部倚著圍欄的我，立刻挺直背，離開圍欄，並且歪著頭不解地問：「為什麼？」

「去年的同一天——八月十六日的這個時間，也就是去年的現在。」

「發生了什麼事嗎？」

「你不知道嗎？」這是石倉醫生的聲音。不知道什麼時候他已經來到我的身邊，並且雙手握著漆成乳白色的圍欄鐵管。

他把頭伸到圍欄外，一邊低頭看著地面，一邊說道：「去年的這個時候，有一個小孩子從這裡掉下去了。報紙和電視臺的新聞都報導了那個意外的事件——你不知道嗎？」

「唔……我不知道。」我搖搖頭，後退一步，離開圍欄邊，說：「因為工作的關係，去年的這個時候我在東京待了很長一段時間。」

「原來如此，所以你不知道……」醫生了解地點點頭。

他也離開圍欄邊，看著我說：

「有一對夫妻帶著三個女兒來這裡看送火的活動，最小的那個女兒——還不到五歲吧。當時就像現在這樣，大家的注意力全在『眼形』和『虫虫』的送火上，小女孩就在這個時候不小心掉下去了，第一個發現小女孩掉下去的人，就是咲谷小姐。」

「沒錯，我是第一個發現的人。」護士回答道。「我嚇了一跳，立刻告訴醫生出事了。」

「我立刻跑下去看，發現女孩還有一點點的氣息，於是決定馬上進行緊急手術，負責手術執刀的人就是我。小女孩的頭蓋骨破裂，腦部嚴重受損，手和腳的骨頭也斷了……那種傷勢估計是沒救了，但是只要還沒有放棄，就要全力搶救，我盡力了。」

醫生一邊說，一邊伸出雙手，手掌向上，高舉到胸前的高度。看得出他張開的十根手指都在哆嗦。

「結果還是沒有救活呀！」我感到很遺憾地用力吸了一口氣。

「因為那個意外，所以今年起不開放給外面的人來屋頂看送火的活動嗎？」
「是的。」
「可是，那個女孩子為什麼會靠近圍欄——」
我很自然地提出了這個問題，但是，就在這個時候——
「嘩嘩嘩嘩嘩啊——！」歡呼聲震動了屋頂上的夜色。
「啊，好像開始了呢！」護士說。
「第六座山……無無山開始送火了嗎？」
「是啊！」
「站在這裡的話，會被閣樓擋住視線，看不到的。」
醫生委婉地催著我：「走吧，要不要去那邊看看？」
嘰咿、嘰咿咿咿！
不知是何種鳥的巨鳥尖銳叫聲，從這個夜晚裡的某個地方傳過來——我覺得好像是那樣。

6

我們繞到北側的閣樓那邊，屋頂上的人現在幾乎全部集中在那裡了，所有的人都抬起眼睛，看著同一個方向。但是——
就是這個時候。

我感覺到前所未有的強烈暈眩。

彎來扭去地，整個世界都扭曲了，在整個世界開始正常地轉動的同時，我又聽到了——

嘰咿——！

我聽到了看不到身影的巨鳥的叫聲。

嘰咿咿咿咿！

是幻覺！一定是幻覺——我拚命地這樣說服自己，可是強烈的暈眩已經讓我無法站立，整個人非常狼狽地趴倒在地上。

「怎麼了？」

「你不要緊吧？」

「你怎麼了？」

「不要緊吧？」

醫生和護士的聲音交互地在我的耳邊響起。可是不知道為什麼，他們的聲音很快就消失無蹤……

我努力轉動身體，好不容易才變成仰躺的姿勢，即使這樣安靜地躺著不動，世界還是旋轉個不停，勉強想要站起來的話，就會非常不舒服、想吐。

不管我的慘狀如何，周圍——

我的周圍還是人聲沸騰，聲音震撼了夜晚的空氣。

嘩嘩嘩喔！這是音量大於剛才的歡呼聲數倍的呼叫聲，就某種意義來說，是異於平常的嘈雜聲。幾年才有一次的保知谷的無無山送火開始了，每個人都仰首眺望，反應也都一樣。

他們的眼睛現在看到了什麼——以火焰描繪出來的形狀呢？

躺在地板上的我，無法確認這件事情。

那是什麼？是什麼形狀？為什麼是那樣的形狀？為什麼那樣的……？

尚未消失的暈眩與疑問、不安，同時在我的腦子裡亂舞。

我好不容易可以坐起上半身了，可是即便如此，我也只能看到黑暗的天空和模糊的乳白色圍欄，以及聚集在這個屋頂上的人群。至於人群看到了什麼，我仍然看不到。

人們嘈雜的聲音此時突然停止了，一下子變得好安靜，只聽得到從對面的山丘吹過來的風聲。

正在觀賞第六山送火的人們，有了巨大的變化。

寂靜轉變成轟然巨響了，但那不是人們說話時的嘈雜聲，而是像什麼東西突然爆開的爆炸聲，是要驚醒世界般的可怕叫喊聲。如果用擬聲字來表現的話，大概就是驚悚漫畫書裡常看到的，彷彿可以撕裂畫面的「哇啊！」

我的身體因為這個聲音而僵硬了，眼睛張得大大的，臉上的肌肉緊緊繃著——

哇啊——！

所有人的嘴巴同時迸出相同的叫聲，毫無疑問的，那是因為劇烈的恐懼，而發出的慘叫聲。

哇啊啊啊！

是什麼……

到底是什麼事情，讓他們害怕成這樣？——是無無山上燃燒出來的送火嗎？是那個火寫出來的文字？或是記號？還是圖形？是那個火製造出來的形狀很可怕？還是那個形狀所代表的事物很可怕？或是……

不看不知道呀！……不可以看！我想。

無論如何我也要看一下才會知道（不可以看），如果沒有親眼看到，就無法知道（……不可以看！）。

暈眩的情況仍然沒有改善，人們開始在我眼中變形、扭曲，而且往不斷旋轉的世界裡逃竄。有些人抱著頭、有些人在哭叫、也有些人像古代的幽靈般，兩手向前伸出……因為大家都急著想逃離這個地方，互相推擠的結果是，有人跌倒了，有人從跌倒的人身上踏過去，失去雙腳的老人被拋出在翻倒的輪椅之外，手臂上打著石膏的年輕人用裹著石膏的手臂摩擦自己的臉，脖子纏著紗布的女人不知道在想什麼，竟然拆開纏繞在脖子上的紗布，喘著氣把紗布塞進自己的嘴巴裡……啊！這個女人不就是我在電梯裡遇到的女病患嗎？

我死命地忍著暈眩的感覺，搖搖晃晃地要站起來。可是，才站起來不到一秒鐘，就頹然地又跌倒在地面上……

……死心吧！我的臉頰貼在冷颼颼的地面上，閉上了眼睛。如果可以的話，我希望也可以把耳朵堵起來。

……嘰咿咿——！

巨鳥在夜空的某個地方叫著。

嘰咿咿咿咿咿——！

巨鳥的叫聲好像在呼應人們——我們被囚禁的感覺般，聲音裡竟然有著恐怖與絕望的音色——我覺得是那樣。

原本融入黑夜的巨翼，紅紅地燃燒起來了。

呼吸也逐漸微弱地往下墜落了。

深泥丘魔術團

1

咚唔……聲音傳過來了——我覺得是那樣。啊，不，不對，不是「覺得是」那樣，而是「確實是」那樣。

咚咚，咚咚咚唔……

我的確聽到了。

就是這個聲音，沒錯，這是深泥森神社秋季祭典的熱鬧聲音，神社境內的日本大鼓被敲得咚咚響的聲音，即使是離神社有些距離的醫院，在窗戶緊閉的病房裡，也聽得到鼓聲。

咚唔！隨著這強而有力的一擊，其他的聲音都安靜下來了。好像算準了這個時刻般：

「各位來賓，讓大家久等，我們馬上就要開始了。」拿著無線麥克風的女性主持人如此說。

她是這家醫院的護士——咲谷小姐，大概是為了配合今天晚上當「主持人」的身分吧！她穿著黑色的褲裝，搭配沒有領子的黑色襯衫……雖然她現在穿著和平常我所熟悉的白色護士服完全相反的顏色，但我並不覺得突兀或奇怪。

「首先，我要為大家介紹Q大學奇術研究會的現任會員乙骨先生，他要為大家帶來華麗而精采的演出，請大家慢慢觀賞。」

掌聲響起後，一名帶著方框眼鏡、骨瘦如柴的年輕人在掌聲中上臺了，他走到舞臺上的表演用桌子前，臉上露出生澀的微笑，對著臺下的觀眾行了一個禮。太瘦的身材再加上不太好的臉色，看起來健康狀況並不好。

雖然只是面對規模大約是四十個觀眾的表演，但臺下都是第一次見面的觀眾，無論如何還是會緊張吧！一想到這一點，連坐在觀眾席上的我，也緊張了起來。不過，我的緊張不久之後就解除了，因為表演者的技術與表演的態度都相當穩定，不像外表那樣令人擔心。

這位表演者首先表演的是傳統的撲克牌魔術。

表演者讓坐在前排的一位來賓隨意從一疊撲克牌中抽出一張牌，來賓將那張牌給在座的其他觀眾看過後，再在那一張牌的後面簽上自己的名字，然後才把抽出來的牌放回那疊牌中，被抽出來的牌是黑桃六。表演的乙骨君拿起整疊牌，很自然地做了洗牌、切牌的動作，接著彈了一下手指，「啪」一聲之後，拿起整疊牌最上面的一張，赫然便是剛才那位來賓抽出來的牌，牌上還有剛才那位來賓的簽名。

接著乙骨君自己把那張撲克牌放入整疊牌中，又彈了一下手指後，那張牌再度變回在整疊牌的最上面。這種表演反覆了好幾次。這招叫做「陰魂不散」[9]，是最近電視綜藝節目裡經常出現的表演項目，現場近距離地看這項表演時，觀眾感受到的驚奇感更大，所以大家的反應十分熱烈。

「那麼——」乙骨君說著，把整疊撲克牌遞給來賓，接著說：「請你隨便洗牌——是，怎麼切牌、洗牌都可以，隨你高興，洗到你滿意為止。」

9 Ambitious Card，紙牌魔術，方法是把觀眾隨意選出來的牌不斷變到第一張或是最後一張。

然後他從上衣的口袋裡拿出手帕，擦拭蒼白的額頭。他拿出手帕的時候，口袋裡露出了一個扁平的小盒子。接著，他裝模作樣地嘆了一口氣，拿出那個盒子。

「這是藥房裡賣的阿斯匹靈。」乙骨君說明道：「是這樣的，今天早上我的頭很痛，所以在來這裡的途中，在藥房裡買了這盒藥。可是，買了藥後，想到今天我要去的地方就是醫院，所以就忍著沒有吃藥，想說等一下再讓醫生幫我診斷——撲克牌現在怎麼樣了？已經洗好牌了嗎？洗夠了嗎？好，那麼請到這邊來。」

乙骨君讓來賓把手中的整疊撲克牌放在桌子的中央，然後若無其事地把阿斯匹靈的盒子放在撲克牌的上面。

啊哈——此時我已經知道他想變什麼把戲了，原來如此呀！

「好了。」

乙骨君問來賓道：

「現在這個狀態下，剛才那張牌如果還是在這疊撲克牌的最上面的話，那就太奇怪了吧？」

來賓用力地點了頭。乙骨君把阿斯匹靈的盒子移到整疊撲克牌的旁邊，請來賓翻開整疊撲克牌的第一張牌，結果——

出現的並不是黑桃，而是紅心六，而且牌上也沒有簽名。

乙骨君露出疑惑的表情，一手撫著額頭，說：

「嗯，忍著頭痛表演魔術果然是錯的，我還是先吃藥吧！」

他一邊難為情似的說著，一邊拿起阿斯匹靈的盒子，打開封口。

「哎呀！」

他轉頭把藥盒子遞到來賓的面前，說：

「這裡面沒有藥呢！可以幫我確認一下嗎？」

來賓拿了藥盒之後，發出了驚嘆的聲音，並且從藥盒裡拿出一張摺成四摺的撲克牌。打開那張撲克牌看——毫無疑問的，就是那張來賓簽過名的黑桃六。

「這張牌好像太會跑了吧！」

乙骨君說著，推推臉上的方形鏡框的眼鏡架。

觀眾發出笑聲的同時，也爆出了響亮的鼓掌聲。

2

十月已經過去一半後的某個星期日黃昏，住院的病人們也已經用完晚餐的時間——秋分這天是深泥森神社舉行秋祭的日子，深泥丘醫院也會在這一天按照慣例舉辦「奇術之夜」的活動。我是幾天前才知道這件事的。那天我為了來拿已經慢性化的失眠症處方藥，在已經變得很熟悉的診療室裡，聽說到有關「奇術之夜」的事。

「那是慣例嗎？」第一次聽說這家醫院有魔術表演，我如此問道。

「是呀！不過，去年和前年都沒有舉辦『奇術之夜』。」

石倉醫生摸摸左眼上的茶綠色眼罩，接著說：

「因為會長醫生的狀況不太好，所以沒有舉辦，隔了三年，今年終於再度舉辦了。」

「會長醫生？」

第一次聽到深泥丘醫院有會長醫生。

「不是院長醫生嗎？」

「因為本醫院的經營團體是『醫療法人再生會』，所以稱為會長醫生。他是本醫院的創辦人，做了很久的醫院院長，但他的年紀已經很大了，所以當然無法再親自照顧病人，連實務的行政工作也幾乎不管了……」

所以「會長醫生」完全是名譽職囉？

我「嗯」地回應著。

「魔術是會長醫生的興趣。」石倉醫生接著說：「從前會在三樓的大房間舉辦『奇術之夜』，邀請病患和附近的居民來觀賞，表演者都是『深泥丘魔術團』的成員。」

「魔術團？」我感到相當訝異。「很慎重嘛！」

「會長醫生有點喜歡小題大作。」石倉醫生苦笑地說。

「簡單地說，那個魔術團是本地喜歡魔術的人的同好會，成員裡有學生，有半職業的魔術表演者，有醫院裡的職員，也有社區內的老人家，可以說各種人都有。」

「那位會長也是成員之一嗎？」

「對，他是最老的長老。」

「醫生，你也是會員嗎？」

「我？」聽到我的問題，醫生歪著頭說：「我不是，我對魔術一點興趣也沒有，我的專長在鐵道那一方面。」

接著他看了看在診療室的年輕女護士，說：

「咲谷小姐也是『深泥丘魔術團』的成員之一。」

「哦。」

「今年妳有表演嗎？」

「沒有，今年我的工作是主持人。」

女護士回答，看著我，又說：

「您是推理小說家，一定很熟悉魔術這種把戲吧？」

「啊……嗯，多少懂一點。」

「那你會表演嗎？」

「年輕的時候曾經很著迷，練習過幾個魔術的項目。」我不好意思地說著，輕輕搔搔頭。「不過，近十年來幾乎完全沒有碰魔術了，或許勉強還記得一點點撲克牌和硬幣的把戲，但表演起來的話一定漏洞百出吧！已經好幾年沒有逛魔術用品店，也沒有參加和魔術有關的活動了……」

「請你務必來看這次的『奇術之夜』。」護士笑容滿面地說：「開演的時間是這個星期天的下午六點三十分。你忙嗎？」

「啊……不忙。」

好久沒有看現場的魔術表演了，就去看看吧！我這麼想著。地方性同好會的表演水準雖然不值得期待，但是那一天正好有空，離交稿也還有一段相當的時間。

「那一天深泥森神社的附近很熱鬧，有很多攤子可以逛，請尊夫人也一起來吧！」石倉醫生撫摸眼罩，臉上堆滿了笑說。

護士又說：「今年應該可以看到會長醫生的拿手表演吧？聽說還有其他難得的大人物也準備了……」

3

因為說是「三樓的大房間」，所以我就把那個地方想像成特大的病房。不過，我來到所謂的大房間時，看到張貼著「奇術之夜」的海報的門上方，掛著「對策室」的牌子。

「對策」？那麼，這個房間是為了某個人要研究什麼對策，而存在的地方嗎？

既然想也想不出一個所以然，就先進去再說吧！走進去一看，裡面的情況大大出乎我的意料。裡面的空間十分寬敞，與其說這裡是大房間，還不如說這裡是一間大會堂。室內已經準備了四十張左右的摺疊椅了，但空間很大，就算再多放上一倍的椅子數量，也不會有問題。

前方有一張以黑色天鵝絨蓋起來，用來表演近距離魔術的桌子，掛在桌子後面的布幕也是黑色天鵝絨質料。只聽說用來當作表演空間的地方是醫院裡的一間大房間，沒想到竟然是布置得這麼正式的地方，大大的出乎我意料。

我和妻子決定坐在前面數來第二排的中央一帶，因為坐第一排太引人注意了，坐後面的話又怕看得不夠清楚。

「好久沒有這樣看表演了。」

表演開始前，妻子顯得很興奮。

「以前你常變魔術給我看，但是最近完全沒有了。」

關於魔術，妻子雖然自己不玩，卻很喜歡看別人表演。

「如果有時間和力氣的話，什麼時候都可以表演給妳看，可是在表演給妳看之前，還必須先整理好道具，我現在根本沒有時間做那些事。」

「搬家的時候那些東西全塞進紙箱子裡了，你的變魔術道具實在很多。」

「啊哈，真是的……」

今年的「奇術之夜」在妻子和我的交談之中開始了。

我粗略地看了一下在場的觀眾，大約有三分之一是住院的病人，其他則是來看病的病人、醫院的職員，或住在附近的居民吧？整體而言，觀眾裡可以說是男女老少都有。

第一位上場表演的乙骨君在表演了掀開序幕的陰魂不散撲克牌魔術後，又表演了一些滿有趣的撲克牌魔術。真的是人不可貌相，他表演得很好，沒有任何失誤。

「耶，剛才表演的那個魔術啊！」坐在身旁的妻子小聲地說著。

「就是從藥盒子裡拿出撲克牌的那個魔術，你也會嗎？」

「嗯，稍微練習一下，應該也會吧！」

「噢，這樣嗎？」

像這樣在表演的會場裡說悄悄話，不是我喜歡的事情。我自己也懂一點魔術，如果能夠看出表演者的企圖時，我會以觀眾的立場協助表演者，提高演出的效果，這可以說是這個世界的成規，或者說是禮儀。

乙骨君最後的表演項目是傳統的杯子和球的魔術，他的道具是三個金屬杯子與三顆小球，這也是我相當熟悉的魔術。

乙骨君的表演從頭到尾都很穩健，長時間的練習加上獨特創意，使他的表演非常順利，找不到漏洞。應該在第一個杯子裡面的球消失了，跑到第二個杯子裡去了，球逐一地通過每一個杯子，本來每一個杯子裡都有一顆球的，卻瞬間全部集中在一個杯子裡了……他以不疾不徐的手法，讓觀眾看到各種現象的變化。觀眾的反應一直都很熱烈。

問題來了，他要如何結束他的魔術呢？

這個魔術的慣例是，最後出現在三個杯子裡面的將不是球，而是讓人想像不到的物體。例如是水晶球啦，或是檸檬，甚至是馬鈴薯。不知道乙骨君會變出什麼「東西」來。

這就是我所期待的，我已經準備好了——

最後，他拿起第一個杯子，一個圓圓的東西從杯子下面滾出來——那是一顆大大的「眼球」。正確地形容的話，那是像撞球那麼大的眼球模型。

第二個杯子和第三個杯子的下面也同樣滾出眼球時，場內先是安靜了數秒鐘，然後便傳出議論紛紛的聲音，這樣的表演好像很適合出現在醫院裡，但醫院裡出現了這樣的表演，好像也讓人很不舒服。

「哦呵。」

這樣低沉的感嘆聲傳進了我的耳朵裡，我轉過頭看，發現發出聲音的是一個我認識的人。

「這個很奇妙啊！」

沒錯。那個人不正是Q大醫學部的真佐木教授嗎？去年的秋末，因為「那個事件」而認識的精神科醫生……

可是……

「那個事件」是什麼？

那時我到底遇到了什麼樣的事情？——啊，不行呀！才一年前發生的事情，我怎麼就記不清楚了呢……

咚咚、咚咚咚唔！

已經停了一陣子的祭典鼓聲，在那一瞬間又響起了。

4

「謝謝Q大學的乙骨先生。」

臉色不佳的學生魔術師退場的鼓掌聲一停止，穿著黑色套裝的護士便再度拿起麥克風對大家說：「接著，我們要進行今天的第二個節目了。」

此時有幾個穿著黑色衣服的男人走出來，撤走了近距離魔術用的桌子。他們也是「深泥丘魔術團」的成員吧？接著，一直緊閉著的黑色天鵝絨簾子往左右拉開了。

咚咚唔。鼓聲響起。

簾子的後面是一座約一公尺高的舞臺，這個房間裡原本就有那樣的舞臺嗎？還是臨時搭建起來的呢？無論如何，那都是一座相當華麗的舞臺。

「各位期待已久了吧？我們的會長醫生要出場了。」

護士聲音嘹喨地宣布道：

「各位來賓，請鼓掌歡迎會長醫生。」

傳說中的「會長醫生」就要出現在我們的面前了，是什麼時候準備好的呢？他坐在電動輪椅上，從舞臺左側的簾子後面現身——

他自己操縱電動輪椅，往舞臺的中央前進，來到擔任主持人的護士身邊。老實說，這位我第一次見面的會長醫生的外貌很像「木乃伊」，石倉醫生說他「年紀已經很大了」，以我保守的估計，我覺得他至少八十好幾、接近九十歲了……不，應該超過九十歲、接近一百歲了吧？

他穿著淡紫色襯衫，搭配黑色蝴蝶領結，襯衫的上面是一件鮮紅色背心，這樣誇張的穿著要說漂亮也可以，但也讓人覺得很怪異。此外，在他幾乎是皮包骨的臉上，還掛著像法國明星尚．雷諾在銀幕上戴的圓形黑色眼鏡，更加讓人覺得模樣怪異。

坐在輪椅上，身體動也不動的會長醫生嘴角微微抖動著，護士馬上走過去，耳朵貼近他的嘴巴。臺下的我可以清楚地看到他的嘴巴在動，卻不知道他在說什麼，看情況好像是他的發音太過不清楚了，觀眾無法理解他說的話，所以擔任主持人的護士先去了解他說了什麼，再代替他傳達意思吧！

「歡迎各位大駕光臨。」主持人轉述了會長的開場白。

「基於健康的理由，去年和前年我錯過了『奇術之夜』。但是，今年我終於可以這樣有精神的來到舞臺上了。」

是嗎？那樣叫做「有精神」嗎？

我一邊凝視著舞臺上像木乃伊一樣的老人，一邊雙手抱胸，「嗯——」地沉思著。

「首先，我要感謝今天晚上來這裡的來賓們。」

擔任主持的護士聲音嘹喨地繼續「轉述」：「接下來，我要表演我最得意的獨創魔術，希望你們喜歡。我的題目是『猜送火』，這是二〇〇X年的改良版。」

護士說完後，暫且離開輪椅旁邊，走到舞臺左邊早就準備好的一張小桌子前，從桌子上拿起幾張大約是十六開大小的卡片。

「這裡有六張卡片。」

大概是事先有排演過吧？護士單獨做了這樣的說明：

「每一張卡片上都有一個各位熟悉的文字或圖案，現在我一張、一張展示給各位看。」

護士一一展示了那幾張卡片，果然是現場的人都很熟悉的「文字或圖案」。五張卡片分別是：

一張卡片是「人」。

一張卡片是「永」。
一張卡片是「火」。
一張卡片是「ⓞ」。
一張卡片是「虫虫」。
「五山送火」是這個城市的夏季風情詩，也是全國有名的節慶活動，用火寫在五座山坡上的文字或圖案，現在以紅色墨水寫在白色卡片上。
「還有一張卡片，不過這一張卡片是空白的，上面什麼也沒有寫。」護士湊齊了六張卡片，如此說明著。
「那麼，」她環顧著觀眾，接著說：「有哪位觀眾願意上臺幫忙嗎？」
「我。」
又說：「哪一位都可以，小朋友也沒有關係。」
聲音來自後面的觀眾席，是很有精神的男孩子聲音。
「很好，那麼就是你了。」護士指著聲音的方向，說：「請到這邊來。」
走上舞臺的是一名大概讀小學四年級的男孩，對現代的孩子來說，這個季節穿短褲是有點稀奇的。
「叫什麼名字？」護士問。
「我是石倉。」男孩很爽快地回答。
「嗯，石倉君，是姓氏吧？下面的名字呢？」

「寬太。」

我下意識地看了一下周圍。

腦神經科的石倉（一）醫生坐在我的斜後方，消化科的石倉（二）醫生隔著幾個位置，坐在他的附近。分辨他們的方法除了胸前的名牌外，只有靠眼罩的左右位置了。

我悄悄地觀察他們兩個人的樣子，覺得現在在舞臺上的男孩似乎並不是他們家族的人。

該不會——我試著想像，姑且做了以下的解釋：

該不會這附近也像九州貓目島的「咲谷」一樣，姓「石倉」的人特別多吧！或許就是這樣，所以……

「那麼，寬太君。」

我的視線回到舞臺上，主持節目的護士以會長的代理人身分，繼續進行著表演。

「請你心裡默默地想著這六張卡片中的某一張，可以嗎？哪一張都可以，隨你喜歡。好了嗎？想好了嗎？」

「——好了。」

「把那一張卡片上的文字或圖案記在心裡，不可以告訴別人那是什麼文字或圖案，然後，在這裡——」

護士從桌子上拿起一塊八開紙大小的白板，把白板交給那個男孩。

「請你悄悄地在這塊白板上，寫下你心裡想的那個文字或圖案，用這枝紅色的筆寫。」

「好。」

男孩石倉收下白板和尖頭萬能筆，按照護士的指示，寫下了「那個」，沒有人看得到他到底寫了什麼。

「現在，請你把白板蓋在地板上——好了，謝謝。」

接著咲谷看看坐在輪椅上的會長一眼，才繼續說：

「寬太君，現在請你站在那邊——那個黑色牆壁的前面。」

她說的那邊，是指觀眾面對的舞臺左側，那裡有一塊約一張榻榻米大、像隔間用的黑色屏風。男孩帶著提心吊膽的神色，走到黑色牆壁的前面。

「請你背貼著牆壁。」護士乾淨俐落地繼續下達指示。

「然後兩手向兩邊張開，好，握緊凸出的部分，腳稍微張開。對，就是那樣，現在，請直視前方——很好，ＯＫ了。」

護士走到男孩身邊，從外套口袋裡拿出黑色眼罩，遮住少年的眼睛。接著，她把剛才的六張卡片一張一張地貼在「牆壁」上的各個地方。

靠近男孩左右手的地方貼了兩張卡片。

靠近男孩左右腳的地方也貼了兩張卡片。

剩下的兩張貼在男孩臉的左右兩邊，非常靠近耳朵的地方——

「現在請你不要動，稍微忍耐一下，在我說『好』以前，千萬不可以動，明白了嗎？」

「——唔，明白。」男孩如此回答，但是他的聲音已經不像剛才那麼有精神了，或許此時他已經預感到什麼不好的事情了。

「好，準備好了。」

穿著黑色衣服的護士面對觀眾席如此宣布後，走回到坐在輪椅上的老人身邊。

「會長醫生，麻煩您了。」

5

叩，像機器人的動作般，老人點了點頭，然後慢慢移動到舞臺的左手邊，輪椅的馬達聲和從神社那邊傳來的鼓聲重疊在一起，增添了現場的緊張氣氛。

……要做什麼呢？

我非常感興趣地看著，但是我同時也感受到一種可疑、不平靜的氣氛，我屏息看著舞臺上的舉動。

從現在開始，那裡到底會發生什麼事呢？

「猜送火」的意思，就是老人要表演猜中男孩心裡想的文字或圖案吧！但是從眼前的情況看來……

輪椅停止不動了。

背貼著「牆壁」的男孩和戴著圓形墨鏡的老人之間，相距大約是三公尺，他們面對面地站在舞臺上，主持兼表演助手的護士，已經退到一旁了。

「會長醫生，麻煩您了。」

護士重複說著和剛才一樣的臺詞。

叩，老人又是點了一個頭，然後緩緩地打開背心，他從背心下面——我想像他背心下面的腹部上，應該捲著纏腰的腰巾——抽出了什麼東西。

那是——

我嚇得瞪大了眼睛。

那不是玩投鏢遊戲用的飛鏢嗎？那是要……

嘰嘰。這時我聽到了像沒有潤滑油的機器發出的咯吱聲——我覺得是那樣。而且，我還注意到那聲音來自老人咧開的嘴巴。

手指拿著飛鏢的老人右手，慢慢地舉高到肩膀的高度。

觀眾席發出了嘈雜的聲音，現在任何人都很明白的看出老人要做什麼事了。

「啊、啊……」

我注意到了，這是石倉醫生的聲音。

「啊、啊……啊呀……」

是腦神經科的石倉（一）還是石倉（二）呢？或者是兩個都有？

嘰嘰嘰。舞臺上的老人又發出很奇怪、像機器一樣的聲音。

嘰……嘰嘰！

下一瞬間，飛鏢從老人的右手飛出去了。

坐在我斜後方的石倉醫生（們）像失控了一樣，發出：「啊呀——！」的慘叫聲。

毫無疑問的，那是極端害怕時才會發出來的聲音——我覺得是那樣。

飛鏢射入牆壁時，也發出了沉重的聲音。

再看，飛鏢命中貼在男孩臉的左側卡片上——幾乎是掠過耳朵般地射入卡片，那張卡片是六張卡片中，什麼文字或圖案也沒有的空白卡片。

好像拍子慢了一樣，男孩突然發出了小小的驚呼聲，雖然眼睛被蒙起來了，但是他應該感覺到什麼奇怪的情況吧！

「是成功的吧？」坐在我斜後方的一個石倉醫生說。

「啊……幸好成功了。」另外一個石倉醫生說。

我聽到了他們放心下來的輕嘆聲。可是，他們才剛放下心——

嘰嘰咿！

舞臺上的老人再度發出奇怪的聲音，第二支、第三支飛鏢又朝著男孩飛過去了。

咿呀！男孩這次慘叫出聲了。

兩支飛鏢和第一支飛鏢一樣，都以同一張卡片為目標，但是，這次兩支鏢中的一支，貫穿了少年的右耳。

主持兼表演助手的黑衣護士連忙跑到男孩身邊，她立刻拔起三支飛鏢，轉身面向發出嘈雜聲音的觀眾，說：「請各位不要擔心，這只是魔術表演。」她十分鎮定地說著。

「請各位不必擔心，這裡是醫院。」

蒙住男孩眼睛的眼罩被拿下來了，男孩按著染血的右耳，放聲大哭。

護士彎腰蹲下，雙手放在男孩的肩膀上，說：「好了，寬太君，已經沒事了，已經結束了。」她柔聲安撫著男孩。

不久，兩個穿黑色衣服的男人從舞臺左側出來，抱起哭個不停的男孩，從舞臺上消失了，一名看似男孩監護人的中年女性立刻從觀眾席裡站起來，追了上去。

「好了，各位嘉賓，我們回歸到主題吧！」

護士拿著麥克風，等觀眾席的嘈雜聲安靜下來後，才又接著說：「首先，請看這個。」

她一邊說，一邊展示被飛鏢射中的卡片，原本上面什麼也沒有的空白卡片上，現在附著著紅色的斑點，那應該是從男孩的耳朵飛濺出來的血跡。再仔細看，血跡好像在描繪什麼……

「現在，我們來看看剛才的那塊白板。」

於是，她拿起覆蓋在地面上的白板，翻過來給觀眾看。白板上面——

不是「人」，也不是「永」、「火」、「虫虫」或「⦶」，以紅色的筆描繪在白板上的，是我以前從未見過的——說不上是文字或圖案，而是怎麼說都覺得奇怪的紋樣。

那個男孩到底想寫什麼呢？第六張原本是空白的卡片上，有著奇怪的紋樣，這代表什麼意思？

「請比較這兩者。」護士把卡片和白板排在一起地說。

「怎麼樣？是一樣的吧？」

嘩啊啊——！會場裡響起異樣的喊叫聲。我在這樣的喊叫聲中，陷入了非常奇怪的氣氛裡。

啊……這是什麼呀？

好像以前也有過類似的感覺。

努力的想了一會兒後，好不容易想到了。

那不是今天夏末的那個晚上發生的事嗎？八月十六日，送火的晚上發生的事。難得一見的第六山送火開始點燃的那個時候，那時……

咚咚唔！

鼓聲突然大作，是我太神經質了嗎？應該離這裡有相當距離的神社鼓聲，聽起來卻好像就在附近。

「怎麼了？」坐在我旁邊的妻子歪著頭問：「覺得不舒服嗎？」

「啊，沒事，我沒事。」

在我回答妻子的時候，傳入耳中的鼓聲突然隆隆地亂響起來，而且不知道為什麼聲音竟然變形成黑漆漆的大蛇，大蛇好像隨時會從這個大房間的某處出現……我的意識逐漸模糊了。

啊，暈眩又……

6

「今年『奇術之夜』的第三個節目，馬上就要開始了。」

穿黑色衣服的護士開始了以下的介紹：

「現在要出場的，是十年前搬到徒原之里，平日專注於考古學研究，我們『深泥丘魔術團』的學術研究代表，孤獨而高傲的魔幻者——Mr. Sototo！」

坐輪椅的「會長醫生」下臺後，房間恢復到好像什麼事情也沒有發生過的樣子，此時在護士主持人的介紹下，場內再度響起嘈雜的聲音。我第一次聽到「Mr. Sototo」這個名字，不過，或許他是「知道的人便知道，不知道的人便不知道」的本地魔術師吧！後來我才知道Sototo寫成漢字是「外戶」，是這位魔術師的姓氏。

「今天他要在這個舞臺上表演的，是首次在日本公開演出的特別節目。請各位以熱烈鼓掌，歡迎他出場。」

緊接著，舞臺上出現了一位外表相當與眾不同的人物。

他很高，大概有一百九十公分吧！身上披著黑色斗篷，頭戴黑色人字形頭罩，頭罩上有能夠露出眼睛、鼻子和嘴巴的三個孔。如果他戴的是白色頭罩，那麼就很像是三K黨的成員了。

配合他的出場，舞臺的中央已經準備好新的表演道具了，那個道具的高度和一個大人的身高差不多，但是整個道具被紅色的布蓋起來，所以不知道布的下面到底是什麼樣的道具。那就是這位魔術師在日本首次公開這項表演時，要使用的道具嗎？

跟著外戶先生上場的助手有兩名，他們都是穿著一身黑衣服的男性。仔細看，其中一人竟然是今天第一個出場表演魔術，臉色蒼白的Q大學生魔術師乙骨君。

另一個助手的臉我也很熟悉，那是石倉醫生。不過，並不是坐在我斜後方的腦神經科的石倉（一）醫生，也不是消化器官科的石倉（二）醫生，他是今年新開設的牙科的醫生石倉（三）。因為他的臉上不管是左眼還是右眼上，都沒有眼罩，倒是有一副茶綠色鏡框的眼鏡……

外戶的左手像在畫弧形一樣的舉起。

這是信號吧？於是兩個助手動手拿下蓋著「某個東西」的紅布。

「各位，請看。」外戶說。他的聲音低沉，像從地底深處湧上來的一樣。

「這是二十年前，在如呂塚的外圍最新挖掘到的古代遺物的仿造品。我花了很多年的時間，忠實地仿造原物，好不容易才做出來的東西。」

「嘩啊——！」觀眾席發出此起彼落的驚嘆聲。

紅色的布被拉開後，出現的是一件看起來有點髒，不是黑色，也不是褐色或灰色，但像是這些顏色混合起來的物體。

從下面看那個東西，如果一定要說它像什麼東西，那麼，可以說它像「十字架」吧！只是，十字架的橫棒是直的，而這個東西的橫棒一邊往上翹起，一邊往下垂，像畫曲線一樣地曲折，它的平衡感和十字架截然不同。

不知道這個東西是用什麼材料做的，但是外表凹凸不平，又處處閃爍著奇怪的光澤，怎麼看都不像是人工產物，用極端一點的說法來形容的話，它讓人覺得它是一個生物——如果可以這麼說的話。

至少在我的眼裡，我看到的「它」是「不知道為什麼，就是讓人覺得不舒服的東西」。

我側目偷看坐在旁邊的妻子的表情，坐在椅子上的她上半身向前傾，目不轉睛似的注視著舞臺上的「那個」，嘴裡還「哦——」、「啊——」地喃喃自語。

「嘩，那個好棒呀！」

妻子發現了我在看她，便如此說著。

「沒想到如呂塚竟然挖掘到那麼棒的東西。」

聽妻子的口氣，好像知道那是什麼似的。我對「如呂塚」這個地名，有著難以形容的複雜感覺，於是默默地把視線移回到舞臺上。

「今天晚上我要利用『這個』，帶領大家完成了不起的魔幻之旅。」魔術師說。「但是，為了完成這個魔幻之旅，我需要在場的一位觀眾上臺來幫忙我——」

魔術師緩緩地環視觀眾席。突然——

從黑色頭罩的孔洞窺視外界的視線，和我一直在注意他一舉一動的視線，不期然地相遇了。糟了！我反射性地產生了這樣的想法。

我慌張地移開視線，但是已經來不及了。

「坐在那邊的朋友，你可以上來嗎？」外戶說。

他伸出來的左手食指，直直地指著我這邊。

「那邊，坐在第二排的男士，就是你。」

我覺得很慌張，「唔、嗚」地不知道說什麼才好。

「去吧！」妻子在我旁邊小聲地說。「這是很難得的機會呢！去呀，有什麼好猶豫的。」

「啊……唔。」

「可以上來幫忙嗎？」

外戶嘴巴上雖然這麼問，但卻有著讓人無法拒絕的力量。

「可以上來幫忙吧！——來嘛，請上來。」

根本沒有拒絕的餘地，在魔術師的催促下，我只好站起來，走向舞臺。

咚咚咚，咚唔！

大鼓的聲音響了，隆隆地亂響的鼓聲，再次變形成黑漆漆的大蛇，在這個被命名為「對策室」的大房間的地板上，悄悄地四處爬行，並且不知何時會爬到我的腳邊，把我的身體捲起來……雖然我被囚禁在這樣的幻想裡，但是——

我只好覺悟，走上舞臺。

7

「很好、很好，請到這邊來。」

外戶先生誇張地擺動姿勢，引導我走到舞臺的中央。

兩名助手把手放在那個「不知道為什麼，就是讓人覺得不舒服的東西」上面，然後沒有發出任何聲音地打開了那個位於物體的正面，像「門」一樣的蓋子。

門裡面有一個可以前進約數十公分的空間，大概可以容納一個成人的身體……這是「箱子」嗎？不，與其說是「箱子」，不如說是——

雖然它的形狀超出常人的理解，但它真的很像是「棺木」。

「現在，請你進去裡面。」外戶說。

我很驚訝地轉頭看著他，反問他：「進去裡面？」

「是的。」

「嗯，但是——」

老實說，我還是覺得詭異，根本不想進去。

「你覺得不安嗎？」

「唔……是的。」

「不用擔心，因為這只是魔術。」

「唔，可是……」

助手們拉住躊躇不前、想要倒退的我的手。既然我已經來到這裡了，他們當然不會讓我就此退縮。

「請吧！請向前走，就是這樣，稍微再靠裡面一點……好，就是這樣。」

「那個」的裡面鋪著一層好像觸感還不錯的褐色布，在近距離看的情況下，「那個」讓人的感覺好多了，不再那麼讓人覺得不舒服。我按照指示，背貼著「那個」內部的牆壁，站在「那個」裡面，「那個」彷彿是專門為我訂做的一樣，竟然非常「合身」。

「兩手像這樣往旁邊伸出，放進去，可以嗎？」

配合「那個」的十字架形狀，我伸出雙手，右手斜斜地往上，左手斜斜地往下，把左右手放進去。

「好，那樣就ＯＫ了，接著——」

外戶高舉起左手，助手們看到這個信號，要把「箱子」的門關起來時——

咚咚咚，咚咚咚咚唔！

深泥森神社的鼓聲又響了，黑色的大蛇在我眼前的黑暗空間裡誕生了，並且纏繞在我的身體上。我在感受到異樣壓迫感的同時，意識漸漸地模糊起來，但是很快地，我覺得有一道光射進來，停留在我的臉上——在已經關起來的門上，與我臉部差不多高的地方，好像有一個橢圓形小窗可以窺視外面的情況，那個小窗被打開了。

放在十字架橫棒的左右兩手的前端，也有相同的小窗。小窗開了。

我的頭被從兩側夾緊、固定住，不能隨心所欲的轉動，但是用力的轉動兩顆眼球的話，就可以從各個小窗中，看到自己的手。稍微用一點力，我的每一根手指頭也可以活動，靠著觸覺，我覺得兩腳的腳尖處，好像也是相同的情況。

唔，這是……

我一邊控制著內心的不安，一邊思索著：這是什麼魔術呢？接下來魔術師要怎麼開始呢？

請觀眾上舞臺，像這樣地把觀眾裝進「箱子」……這樣的魔術表演順序並不稀奇，藉著這樣的順序，製造出「魔術現象」的模式也有好幾種。是要讓「箱子」裡面的觀眾消失？還是要讓「箱子」裡面的人變成另外一個人？要不然就是……

不管是哪一種模式的表演，都一定要做事前安排，才能達到魔術的效果，可是我完全沒有得到任何安排的信息。魔術師到底要做什麼呢？

「覺得怎麼樣？還好嗎？」外戶走到我的附近問。

「唔……覺得有一點悶。」我據實回答。

「還有，覺得全身涼涼的，好像——」

「好像什麼？」

「好像變成死人了一樣。」

「你放心，這是魔術。」外戶說著，離開了我的附近。

「好了，現在請各位嘉賓注意。」

他轉而對著現場的觀眾說：「現在即將展現在各位眼前的，是首次在日本公開演出的奇幻魔術，請各位千萬要……」

咚咚咚、咚咚咚咚咚、咚咚唔！

愈來愈激烈的鼓聲與魔術師說話的聲音交疊在一起，聲音進入我的耳朵後，變成像收音機的噪音般的奇怪聲響，這是我以前從來沒有過的經驗。我的耳朵出現了劇烈而奇怪的耳鳴。才因耳鳴而感到驚慌的我，很快地又遭受前所未有的強烈暈眩攻擊……

我受不了地想訴說我的不舒服，卻發不出聲音，因為胸口與喉嚨好像被纏捲在我身上的大蛇勒緊了。

但是很奇怪的，在這樣的不舒服中，我的視覺卻好像變成格外清晰、靈敏——

周圍人的姿態、動作，好像都被超慢速攝影機捕捉到的畫面般，畫面非常緩慢地前進，讓我看得非常清楚。

我看到穿著黑色斗篷，戴著人形頭罩，孤獨高傲的魔幻師——外戶先生的背影，也看到了站在「箱子」兩旁的兩名助手——乙骨君和石倉（三）醫生的身影。

我還看到舞臺的左邊，站著一名身穿黑色衣服的女性，那名女性正以若無其事的表情看著我這邊，她是今天負責主持節目的護士——咲谷小姐。

至於觀眾席上的情形……我當然也看到了。從前面數起的第二排中央，是一個空位子，那是我剛才坐的地方，坐在那個位子右邊的是我的妻子，她正以有點擔心的眼神，專心的盯著我這邊。

空位的左邊——隔了幾個座位的椅子上，坐著Q大學的真佐木教授，戴著左眼罩的石倉（一）醫生和戴著右眼罩的石倉（二）醫生，坐在真佐木教授的後面一排。還有……

咦？我注意到了。

最後面那一排的右端，坐著一位我意想不到的人物。

那個人的個子並不高大、穿著皺巴巴的風衣、頭髮斑白，是一個五十來歲的男人。他是……他不正是黑鷺署的神屋刑警嗎？去年秋末因為遇到那件事（啊……是什麼事件呢？），因此認識了這位刑警。他……

因為耳鳴的情況實在太嚴重，我已經聽不清楚外面在說什麼了，只見他張開雙臂，好像說了什麼「決定性的話」。

咚唔！

好像要趕走我耳朵裡的耳鳴一樣，一聲格外有力的鼓聲巨響響起。這聲巨響也好像是「開始」的號令——

令人難以置信的事情，發生在我的身體上了。

8

助手中的那名乙骨君首先走到我的身邊，把放著我右手的橫棒從主體上拆下來，然後走到離我數步遠的地方。接著，石倉（三）把放著我左手的橫棒也從主體上拆下來，朝相反的方向走去。

觀眾席上的人們臉上露出驚訝的表情。右手在那邊，左手在那邊──也就是說我的兩隻手已經從我的身上被切走了。可是，為什麼我一點感覺也沒有？我試著讓我任何一隻手的手指活動，不過由於角度的關係，我無法從小窗中看到被拿走的部分，更不可能用自己的眼睛去確認實際的狀況。

被拿走的兩隻手的橫棒安靜地分別放在兩邊的地板上後，兩名助手又回到我這邊。這次，他們的手放在把我的身體包起來的箱子上面。

咚唔！鼓聲再次響了。

不久，人們的臉上出現了更大的驚愕神情。

因為是我的眼球再怎麼動也看不到的位置，所以我不知道到底發生了什麼事情。我沒有辦法看到，可是我能想像，這次是我的身體或腳，發生像我的兩隻手一樣的情形，也被拿走了嗎？──對，一定是這樣吧！

我的身體被拆散，並且被分別放在不同的地方了。可是，為什麼我一點疼痛的感覺也沒有？也沒有任何不舒適的感覺。

耳鳴和暈眩感依然繼續存在於我的身體上，我寧可相信自己愈來愈不舒服的原因是這個——

變得敏銳的視覺又可以捕捉到人們的樣子了。

我不是一個、一個的看到人們的樣子，而是幾乎一眼就同時看到每一個人，我的眼睛變成和昆蟲的複眼一樣了嗎？

舞臺上，魔術師站在離我約兩公尺地方看著我這邊，兩名助手則站在我看不到的死角上，應該站在舞臺旁邊的護士，現在卻不見人影……

……觀眾席上沒有人坐的妻子左邊的位子上，現在坐著一名穿著黑色衣服的女性。她是什麼時候坐在那邊的？為什麼會坐在那邊呢？她的嘴巴靠近妻子的耳朵，正在說著什麼事情。為什麼她——為什麼咲谷和她……啊，是嗎？是因為咲谷這個姓嗎？啊，啊，是嗎？是因為由伊[10]這個名字（啊——什麼時候了，我還在想這種事）……

接著依序是Q大學的真佐木教授、左眼戴著眼罩的石倉（一）醫生、右眼戴著眼罩的石倉（二）醫生，還有黑鷺署的神屋刑警，在觀眾席的最後面，靠近房間入口處的是坐輪椅的

10日文發音YU・I。

老人——也就是「會長醫生」。站在「會長醫生」旁邊的，是一個立姿謹慎的男孩……咦？那不是剛才「會長醫生」表演「猜送火」時，耳朵受傷的男孩石倉嗎？為什麼——為什麼那個孩子……

不會吧？

就在這個時候，我的腦子裡浮出突如其來的疑問。

不會吧？……我的身體該不會現在已經四分五裂了吧？不知道用的是什麼方法，但是我一定是在不知不覺中被打了什麼特別的麻醉劑，所以不管我的手臂或身體的其他部位被切除了，我也沒有疼痛的感覺。是這樣的嗎？我無法出聲，感到強烈的耳鳴與暈眩，都是因為那個藥劑的關係嗎？那麼，等麻醉劑的藥效結束後，我會突然遭受到可怕的、令人無法接受的強烈疼痛的襲擊嗎？所以……

……不，不對。

不管怎麼說，這是魔術，外戶先生不是一再這樣說了嗎？一定是這個奇怪的「箱子」裡，安裝了什麼我不知道的魔術新機關……

「……可以了嗎？正如各位看到的一樣。」

儘管耳鳴不斷，外戶對觀眾們說的以下這句話，不知為什麼清清楚楚地傳進了我的耳朵裡。

「就是這個，這就是＊＊＊＊。」

他說的話裡，包含著我從來沒有聽過的異樣聲音組合，那是我所熟悉的本國文字無法表記的聲音——所以，我只好寫成「＊＊＊＊」。那是完全不知道是什麼意思的單語。

但是——

聽到了那個單語那一瞬間，觀眾席上的人們個個表情大變，從對舞臺上的魔術表演感到驚愕的表情，一下子轉換成對「我所不知道的什麼」的強烈恐懼表情——在我眼中看起來，確實是那樣。

咚咚咚咚，咚咚，咚咚唔，咚咚咚咚咚唔！

足以震動地面的轟隆鼓聲傳出來的一剎那，我的心裡破了一個又深又大的洞，比黑更黑，比暗更暗，無限的黑暗在那個深洞裡擴展，迅速地吞噬已經四分五裂的我。

6

從「奇術之夜」回家的路上，我們順路去了深泥森神社。神社境內十分熱鬧，妻子在祭典音樂的伴奏聲中，向攤販買了一只銀色的氣球。

她很開心地笑著說：

「喂，你告訴我嘛！『最後的那個』表演，一定事先和你偷偷地安排過吧？」

我只有默默地搖搖頭。

「什麼！怎麼可能？」

妻子訝異地張大了眼睛。

「真的嗎？那麼『那個』是……」

接著，她降低聲調所說的話，因為周圍的喧譁聲實在太大了，所以我沒有聽清楚她說了什麼，但是，我猜想她說的話，大概就是那個我從來沒有聽過的異樣聲音的組合吧？——我覺得是那樣。

聲音

1

Q啊啊啊啊啊啊……的聲音在窗外響著——我覺得是那樣。

啊，又是那個聲音嗎？

最近經常一到了晚上，就會聽到那個聲音，那是尖銳中帶著破裂音的可怕聲音，不知道真正身分是「什麼東西」，一直發出那種異樣的聲音，久久不停——

我發呆的視線從電視畫面上移開，投向隔著桌子、坐在沙發上的妻子，我們的視線不期然地四目相對了。

「聽到了嗎？」妻子先發問。

我看了一眼窗戶那邊，然後說：「感覺上是的，但——」我回答。

「是聽到了吧！是常常聽到的『那個』。」

「——我想是的。」

那不是人的叫聲，也不是狗或貓發出來的聲音，當然更不是昆蟲類的聲音，應該也不是鳥類的聲音吧！是上述之外的動物的叫聲……只能這麼想了。但是，若問我那到底是何種動物呢？我也回答不出來。

妻子拿起遙控器，調整電視的音量。我手掌貼在發熱的額頭上，咳咳咳地咳嗽了，身體很疲倦，頭很重——唔，果然身體的狀況不太好。

電視螢幕上正在播出的，是地方上的超短波電臺QTV的節目，只有在本地電臺才看得到的漂亮女主播走在快過年的街景中，正在做實況報導。總之，這是一個介紹地方「年節風情」的節目，我們並沒有特意要看這個節目的意思，只是剛好轉到這個頻道……不過，或許可以說這是受不了其他民營電臺的節目太誇張的結果。

現在時刻再過二十分鐘就是新的一年了，我的視線回到沒有什麼特別有趣的電視畫面上，和妻子沉默地看著電視。沒一會兒——

Q啊啊啊啊啊啊……

聲音又來了，這回的聲音比剛才的清楚。

和剛才的聲音一樣，是「不知道是什麼」發出來的異樣聲音——聲音來自我和妻子現在所在的起居室窗外，也就是說：聲音來自外面的庭院。

「很近呢！」妻子說。

「就在附近而已吧？」

「——唔。」

「——是嗎？」

「或許就在院子裡，不然就是在圍牆的外面。」妻子低聲說著的時候——

Q啊啊啊啊啊啊……

又是相同的聲音，而且更加清楚——沒錯，就如妻子說的，聲音來自非常近的地方。

「那到底是什麼呀？」

妻子說著，看也不看一下又開始咳咳咳地咳嗽的我。她慢慢地站了起來。

「我去看看，一定是猴子來了。」

2

大約三年前搬進來住的這間房子，大約位於這個城市東邊偏北的山腳下，因為直接用「位於這個城市的東北邊」來說明這間房子的位置，並不是很恰當，或許說這間房子位於「紅叡山的山麓」還比較符合。

從公共汽車行駛的大馬路開始，充其量走個十分鐘吧，就可以走到山的外圍，那裡完全看不到市街的模樣，風景中的人工建築與大自然的比率與市區截然不同。

尤其是這個房子後面，有一間叫做「白蟹神社」的小小神社。神社雖小，守護著這個小神社的，卻是一片蒼翠茂密的廣大森林，隨著季節的變幻，會出現各種不同的野生生物，我們有時也看得到那些生物的身影，但大多數時候只聽得到牠們的叫聲。

不管怎麼說，聽到最多的還是鳥類的叫聲，不過市區裡常見的麻雀或鴿子，在這裡反而很少見。綠繡眼、伯勞、鵯、黃鶯、小杜鵑、大斑啄木鳥……很多鳥都會飛到這一大片樹林裡，經常可以聽到每種鳥不同的啼叫聲。此外，從入夏到秋天時，叫聲最吵鬧的是青蛙們，那大概是雨蛙吧！不過，偶爾也可以在雨蛙的叫聲裡聽到森林樹蛙的叫聲。至於蟲的叫聲，不管是什麼季節都很豐富。夏天的早上一定可以聽到茅蜩的聲音，秋天不只有蟋蟀的叫聲，還有金鐘兒和瘠螽、紡織娘等等的聲音，昆蟲們的叫聲實在多到無法一一列舉。

不過，Q啊啊啊啊啊啊……的叫聲，是到了今年的冬天，才第一次聽到的，而且還是最近這一個月的事情。每到了夜深的時候，那聲音就像突然想到什麼似的，從森林那邊傳出來。

最初我們還以為發生什麼事了。

我們莫名其妙地聽著那個不熟悉的聲音，同時覺得那個聲音讓人不太舒服，那聲音聽起來很像是猙獰野獸的叫聲。可能是這個緣故吧？我的腦海裡很突兀地浮出「塔斯馬尼亞惡魔」[11]或「哥美斯」[12]的模樣。

那不是人的叫聲，也不是狗或貓發出來的聲音，當然更不是昆蟲類的聲音，應該也不是鳥類的聲音吧！是上述之外的動物的叫聲……那麼，到底是什麼的叫聲呢？

是棲息在紅叡山裡的什麼哺乳動物——例如狐、狸、鹿或者是豬跑下山來了嗎？我也這樣想過，但是應該不是我想的那樣，那些動物不會發出那樣的叫聲吧？而且，最近並沒有聽說過這附近有那樣的動物出沒……

既然想不出個所以然，就不要想了吧！反正不管是什麼令人不舒服或猙獰的野獸，都不至於越過圍牆來加害人類。但是——

「來路不明的聲音」還是令人很不舒服，因為「來路不明」而「來路不明」地接受那個

11 袋獾，是全世界體型最大的肉食性有袋哺乳動物，以吃動物的屍體為生，因為叫聲非常可怕，所以被稱為塔斯馬尼亞惡魔。
12 Gomess，日本影劇「超異象之謎」（ウルトラQ）中的怪獸，全名為ゴメテウス。

聲音，是不容易辦到的，那需要相當的意志力。

關於那個叫聲的「主人」到底是誰，從某一個時間點開始，妻子就說：「是猴子，是猴子嘛！」我很清楚她這麼說的心情。

紅叡山裡棲息著幾群日本猴，牠們偶爾會下山來搗蛋，破壞農人的田地。不過，這附近很少聽說有農家被猴子破壞農地的事情。

妻子說：「叫個不停的那隻猴子大概是一隻離群的猴子吧？到了深夜的時候就會跑下山亂叫。」

儘管妻子這麼說了，但是——猴子為什麼會在晚上發出那樣的叫聲呢？

我很直接地冒出這樣的疑問。

3

妻子打開面對院子的窗戶，我也站起來，走向窗戶那邊。

一直蜷縮在沙發角落的兩隻貓也跟著起身，尾隨著我，然後躍到凸窗的窗臺上，完全不畏懼從窗戶竄流進來的寒冬冷空氣，還把鼻子靠到紗窗上。

「需要關燈吧！」妻子低聲說著，離開了窗邊，走去關掉電燈，室內暗下來了，只有電視的畫面還有亮光。接著——

我們並肩站在兩隻貓的後面，悄悄地看著窗戶的外面。

院子裡的燈光帶著淡淡的橘色光，支配著眼前景物的基本上是夜色的黑暗。

樹木的影子倒映在院子的地上，正面圍牆邊的白色冬季山茶花稀稀疏疏的——圍牆的外面是黑漆漆的白蟹神社和廣大森林，月光從天上緩慢流動的雲之間灑下來。

我們就那樣站了一會兒，等待視覺習慣那樣的黑暗。但是，儘管習慣了黑暗，能夠看到了若干事物的形狀後，還是看不到可能發出那個聲音的「主人」。

「我去拿手電筒。」我說。

可是，就在我要轉身去拿手電筒時——

Q啊啊啊啊啊啊啊！

聲音震撼了黑夜。

因為窗戶開著，所以那聲音聽起來更清晰，也更加讓人覺得恐怖——啊，那聲音真的很接近，說是就在眼前也不為過……

我們屏息站著，兩隻膽小的貓已經聞聲飛快地逃跑了。

「我去拿手電筒。」我壓低嗓子說，然後躡手躡腳地轉身後退。從剛才起我就一直努力忍著不咳嗽，身體熱烘烘的，腦子也有愈來愈不清楚的傾向。

4

十二月已經過了一半，出版界所謂的「年終進度」終於也告了一個段落。過了耶誕節後，我好不容易覺得終於可以定下心情、緩一口氣了，但身體卻早在不知不覺中累壞，所以陷入臥床不起的狀況。

經常被暈眩和失眠干擾的我，平常就對自己的身體不太放心，但是已經很久沒有像這次這樣，因為發高燒而臥床不起了。

突然發燒、怕冷，劇烈的咳嗽和喉嚨痛，這就是我的症狀。我先給自己下了這樣的判斷：啊！是感冒了吧……不，不是單純的感冒，或許是流行性感冒。於是我決定立刻去醫院，去的醫院當然是前文曾經提過的深泥丘醫院。

平常幫我看診的石倉（一）醫生那天正好休假，於是由消化器官科的石倉（二）醫生幫我做檢查。和腦神經科的石倉（一）醫生一樣，有必要的時候，消化器官科的石倉（二）醫生，也得支援內科的看診工作。

聽完我訴說的症狀後，石倉醫生便說：「要做檢查。」

聽到他這麼說，我馬上背脊發涼，因為他是右眼戴眼罩的消化器官科的石倉（二）醫生，所以他這麼說時，我會很自動地聯想到那個苦不堪言的「胃部內視鏡檢查」。不過，他現在所說的檢查，應該不是那個檢查。

如今大部分的醫院，都有只要從喉嚨採取少量的黏液，就可以快速驗出是否得了流行性感冒的檢查措施了。所以，醫生說的檢查是這個——

檢查的結果很快就出來了。

「很明確的陽性反應。」石倉醫生一邊撫著眼罩，一邊說著：「是前天晚上開始發燒的吧？」

「——是的。」

「那麼，開 TAMAMIFURU 給你好嗎？」

醫生不假思索地說出最近常聽到的新藥名，TAMAMIFURU 是口服型的流行性感冒藥。

「你的症狀發作還在四十八個小時內，所以服用這種藥應該是有效的。」

「是，那個，但是 TAMAMIFURU 是……」

因為服用這種藥，而出現危險副作用消息時有所聞，所以這種藥不是評語不太好嗎？

「沒有問題啦。」醫生態度輕鬆地回答。

「你想說有未成年的人服用這個藥後，出現舉止異常的事情吧？有人突然莫名其妙地從家裡跑到外面，有人從二樓的窗戶跳下去，有人躲在閣樓裡或佛龕中，有人會做出嬰兒般的舉動，有人會咯咯咯地發出讓人毛骨悚然的笑聲……這些報導我都知道，不過，那些奇怪的舉動和藥之間的因果關係，目前還沒有被證實。再說，莫非你還未成年？……不會吧！」

就算我的身體沒有不舒服，我也不覺得這個玩笑好笑。

「因為我是大人，所以不用擔心？」我如此問道。

醫生有點認真地說：「不是，」然後說：「目前為止，醫學上還沒有可以完全不擔心副作用的藥吧？服藥之後，如果你感覺到任何不舒服，請立刻停止繼續服用，並且馬上找我們商量。」

「嗯，好吧。」

「總之，首先你不會有未成年者從窗戶跳下去或躲在閣樓裡那樣的情形，這點請你放心。」

不知道是不是發燒的關係，雖然醫生已經這麼說明了，但我對醫生說的「首先你不會」的「首先」部分，還是感到有些不放心。我想一定要請妻子注意觀察我服藥後的情況才行。

「不過，」石倉醫生一邊在病歷表上寫著，一邊說著：「你最好能再做一下消化器官系統的檢查。上次做是前年春天的事吧？已經是兩年半以前的事了。」

「啊……是，不過……那個……」我胡亂地回應著。

如果要做「消化器官系統」的檢查，那麼這次一定還是會做那個讓人非常不舒服的「胃部內視鏡檢查」。前年的春天……啊，是的，沒錯，我還沒有忘記。我第一次來這家醫院時，因為要做種種的檢查而住院……啊……

我慢慢地把記憶從熱烘烘的腦袋裡拉上來。

「上一次的檢查結果雖然沒有任何問題，不過，年過四十五的人了，千萬大意不得。」

模模糊糊的腦子裡，好像有個什麼——不是很舒服的空白記憶裡，有著唧唧唧的聲音，——我覺得是那樣。

「說真的，最好每年都要做定期進度檢查，我建議你最晚明年春天的時候，做一個詳細的健康檢查，可以嗎？」

啊，那是什麼？那個……唧唧，是什麼呀？到底是什麼呢？

「可以吧？」

「……啊！」我慌張地重新看著醫生的臉。

「是。」我點頭說。「是……啊，可不是嗎？已經是四十幾接近五十歲了。」

「內視鏡的技術進步很多，現在已經有從鼻孔插入型的檢查器材了，檢查起來比以前輕鬆很多。」

「——唔。」

「那麼，請保重。」

這是三天前的事情。

服用了醫生開的TAMAMIFURU後，所幸我並沒有發生任何異狀，並且從昨天開始慢慢退燒，身體不舒服的狀況也大致消除了，不過目前還是沒有痊癒。以往正月的時候，我一定會去探望住在鄰縣的母親，那已經是慣例了。但是以目前的身體狀況看來，今年似乎還是不要去的好。

5

我腳步輕飄飄地走到玄關，拿了手電筒，那是一個大型的手電筒，光線相當強。

一邊確認手電筒的光線、一邊走回客廳時，我想順便關掉電視機。

已經接近午夜零時了，我的視線不經意的瞄了一眼電視畫面，結果嚇了一跳。因為出現在畫面上的，是我所熟悉的深泥丘醫院的建築。

拿著電視遙控器的手不由自主地不動了。

那是醫院正面入口的地方吧？那位女主播在畫面的右邊，在畫面左邊的是一名穿著紅色外套的年輕女性。我認識那個年輕女性，她正是女護士咲谷小姐。

不知道前情是什麼，但是看起來好像是女主播正在訪問護士，而護士在作解說的樣子。

「是呀！」

她好像有點難為情似的，左手撫弄著頭髮。她的左手手腕上纏著厚厚的白色紗布。受傷了嗎？

「無論怎麼說，今年最重大的問題和如呂塚有關。」就在她說了這句話的時候——

Q啊啊啊啊啊啊！

那個讓人毛骨悚然的可怕叫聲再度響起，聽起來比剛才更加清晰，好像就在窗戶外面而已。我因為這個聲音，一驚之下按到了電視遙控器的「ＯＦＦ」，女護士的聲音便因此中斷了。

「喂，快一點。」妻子對我招手說。

「真的就在很近的地方呢！那裡，圍牆的那邊，剛才的聲音是從森林的那裡……」

我照著妻子說的方向，把手電筒的光源指向那個方向。

「那邊呀！那棵大朴樹附近。」

「唔，知道了。」

妻子所說的那棵樹，籠罩在手電筒強大的白色光環下了。果然——

「啊！那個！」妻子壓著嗓門說：「你看，在那邊，就在那邊。」

「唔？在哪裡？」

「那邊呀！……啊，還要再上面一點。你看你看，那根粗樹枝的地方。」

我固定住光源，凝目看著，果然……確實有……

那裡確實有著「什麼」。

「果真是猴子呢！」妻子聲音急促地說。「耶，你看吧！猴子坐在樹枝上。」

我目不轉睛地看著。

那裡確實有著「什麼」——那個「什麼」比我想像中的大，圓圓的、灰白色的身體看起來毛茸茸的……確實像妻子說的那樣，好像有一隻猴子坐在樹枝上，可是——

「是猴子……嗎？」

「是猴子。」

「那傢伙」突然轉頭向著我們，看起來就像被惡魔附身的芮根．麥尼爾[13]一樣，只有頭部做了一百八十度的回轉……突然，我「啊」地叫出聲。

不是猴子，那不是猴子，那是……

……那是什麼呢？

我用力眨了眨眼睛。

那是什麼啊？那張臉！

13 電影《大法師》中被惡魔附身的女孩子名字。

嘰啊啊！

短暫的叫聲震動了黑暗，也差點震掉了我手上的手電筒——我還沒從驚魂之中回神，下一個情況就發生了。

那傢伙的影子突然左右拉開，身體變成比原來大了一倍以上，但基本上不管是什麼生物，身體都不會像那樣突然膨脹成兩倍大以上，所以是「那傢伙展開翅膀」了。

站在我身旁的妻子輕呼道：「好厲害！」

我則是昏昏沉沉地，不斷反覆地想著：那是什麼？到底是什麼呀？

張開了的翅膀震動了幾下後，那傢伙離開了樹枝，我用手上的手電筒光亮，追著那傢伙的行動。不知是哪裡的寺院傳出除夕的鐘聲，那傢伙在鐘聲中飛上高空。朦朧的檸檬形月亮，出現在森林上空流動的浮雲空隙中，那傢伙在黑夜裡畫出奇怪的影子，並且在下一瞬間從高空急轉而下——

往這邊飛來了。

牠使勁地往前飛，橫衝直撞地向這裡靠近，眼看就要突破紗窗，飛進屋子裡了。

「哇！」我叫了出來，整個人還向後仰。

然後，就在這黑夜的某處……

嘰咿！

我聽見和朝這邊衝過來那傢伙所不一樣的另一個聲音——我聽起來是那樣。

嘰咿、嘰咿咿！

熱烘烘、昏沉沉的腦袋裡，出現了不同類型的劇烈暈眩，我忍不住一手扶著凸窗的邊緣，以此支撐著身體。即使是在強烈的暈眩攻擊下，我仍然握緊手中的手電筒，那傢伙並沒有從手電筒的光亮中消失，牠在即將撞上紗窗的那一秒，停止衝進來的舉動。

牠在窗外，張開翅膀，浮在約一、兩公尺高的半空中。儘管突然而來暈眩嚴重地打擊了我，但我還是再一次看著「那張臉」，我很清楚地看到了。

啊……果然沒錯。

但我的身體也到極限了。

只靠一隻手已經無法支撐我的身體，我慢慢地靠著窗戶蹲下去——記不清楚那是幾分鐘前的事情。

「……不要緊吧？」妻子搖搖我的肩膀，把我從無意識中叫醒時，強烈的暈眩已經消失了。

「耶，你沒事吧？怎麼突然就蹲下去了呢？」

「不……啊，唔。」我緩慢地點頭，站起來。

「呼——」妻子放心似的嘆了一口氣，說：

「剛才的那個，我還以為是猴子呢！真是的！我嚇了一大跳。」

她依舊看著窗外，非常感慨地說：「那是貓頭鷹吧？我是第一次看到真正的貓頭鷹。」

6

「你看，你看，這裡有寫：『雌貓頭鷹有時的叫聲是嘰啊——嘰啊——像野獸的聲音』。」

除夕的鐘聲響完後，妻子拿出野鳥圖鑑查看，給我看那樣的記述文字。

「不知道耶！我一直以為貓頭鷹的叫聲是呵——呵——」

「啊……嗯。」我心不在焉地一邊回答，一邊想著。

「剛才的那個」真的是貓頭鷹嗎？

昏沉沉的腦袋不停地想著。

剛才在那根樹枝上回頭看這邊的那張臉！在窗戶的外面張開翅膀的那張臉！——那不是猴子的臉，也不是貓頭鷹的臉，那是、那是人類的臉呀！起碼在我眼中是那樣。

那個影像清清楚楚地烙印在我的眼睛裡，直到現在還沒有消失。

那是人類的臉……而且是不知在何時，不知在何地，我曾經看過的人類的臉。

可是，那是什麼時候？在什麼地方看到的呢？想不起來了。不過，那個……唧唧，那是令人害怕的臉——蒼白的皮膚，小小的眼窩，非常醜陋而凸起的鼻子，像新鮮傷口般斜斜咧開的嘴巴。老實說，那真的非常醜，不過確實是人類的……唧唧唧唧、唧唧。

人面鳥。

我的腦子裡浮起這樣的字眼，可是內在的理性馬上清醒，暗罵自己愚蠢。

「愚蠢！」我小聲地說著。

愚蠢、愚蠢，愚蠢呀！這個世界上沒有那種東西。不可能有那種東西吧？覺得那是人類的臉，只是我自己個人太神經質的關係……唧、唧唧，實際上那應該是妻子所說的貓頭鷹吧……唧唧唧唧唧，對，一定是的。或許是得了流行性感冒，而且還在發燒，對，一定是這樣。而且，我還有吃新藥 TAMAMIFURU，唧唧唧，這種藥說不定還有會產生幻覺這種不被人知的副作用。這樣想比較……唧唧、唧唧唧唧唧唧……唧。

後記

二〇〇四年的春天，專門刊載怪談小說的雜誌《幽》要創刊，來向我邀稿。那時我剛完成《殺人暗黑館》的稿子，正好有空檔，所以想：就當作慶賀雜誌創刊，幫雜誌寫一篇小說吧！便答應了。但是，日後雜誌出刊，我拿到出版的雜誌後，赫然發現我的小說前面標著「連載短篇……」。我很驚訝，因為我並沒有打算在這本雜誌上做連載，而且也不記得有說過要連載的事情。

……這已經是三年半以前的事了。

因為這本雜誌半年才出一本，而且需要的字數並不會太多，結果我就這樣每一期都寫了一篇，真的變成了「連載」的形態。不過，我也覺得這是滿有趣的經驗，因為我寫的東西一直以推理的小說為主，藉著這次的機會，我嘗試寫了和以前不一樣的作品，隨著這些作品的累積，我故事中的世界有了意想不到的擴展。

構成這本書的九篇作品中，〈惡靈附身〉是例外之作，它沒有刊載在《幽》雜誌上，而是刊載在東京創元社的《推理誌！》上的作品，這個作品是為了《推理誌！》企畫的「河上的屍體風景」本格推理競寫企畫而寫的。藉由這次收錄在這本單行本中，終於可以清楚地說明這個作品的原來目的。

至於這些「深泥丘連續之作」的舞臺，就是我生長的京都市街。我悄悄地（其實是相當明顯的）以我現在居住的地方為模型，當作這幾篇小說的背景。敘述小說的主人翁「我」，是一名職業作家，幾乎等同於「我本人」。就某個意義來說，收錄在這本書裡的作品，是截至目前為止我的作品中，最貼近我日常生活的作品。不過，我所寫的東西，並不是現實中發生的事情。

我本人相當喜歡這幾篇連續作品中「奇妙趣味」，想把這本《深泥丘奇談》視為第一集，以後再繼續嘗試這類型的寫作，請各位繼續支持——

從在雜誌上連續刊載開始，到集結成單行本，日本出版公司媒體工廠（MEDIA FACTORY, INC.）的岸本亞紀小姐，幫了全部的忙。還有，我的這幾篇作品，其實還稱不上是「怪談」，但《幽》雜誌的總編輯東雅夫先生卻每期都很開心地接受了我的文章。我要在此特別提出他們的名字，謝謝他們兩位。

二〇〇八年　新春

綾辻行人

角川文庫版後記

《深泥丘奇談》原本是於二〇〇八年二月，由 MEDIA FACTORY 以四六版發行的連續作品短篇集。二〇一一年十二月，由同公司的ＭＦ文庫達文西製作成文庫本，但由於去年有許多公司被「角川」合併，於是這次才會在角川文庫再次製作文庫本。在內容上與ＭＦ文庫版沒多大差異，不過希望趁這個機會，能讓更多人閱讀此書。

已看過的人先不談，為了尚未閱讀「深泥丘」連續作品的讀者們，在此先向各位問候一聲。

這是以一位住在「京都」的本格推理小說作家「我」來擔任說故事者的作品集。主要發表的媒體是怪談專門誌《幽》，所以要將這些故事視為「怪談」也無妨，不過身為作者的我，並不認為我寫的是正經的怪談。與其說是怪談，還不如說是「奇談」，就像書名所寫的。我刻意與鬼魂或靈異現象等怪談的基本款保持距離，想盡可能試著描寫不受限於既有格式的「怪異」現象，秉持這樣的想法逐漸累積作品。

作為本書舞臺的「京都」，在地圖、歷史、風俗上，與實際的京都略有不同，算是「另一個不可能存在的京都」。而生活在那個世界裡的作家「我」，雖然是以我——綾辻行人的現實生活當範本，但又具備了一些與現實不太一樣的細節。以兩者對照來閱讀，也別有另一番樂趣，但由於書中有各式各樣的「變形」，所以希望讀者們能適度地拿捏，接受這部作品。

這系列的作品，與「館」系列及其他推理小說作品，以及《Another》和其他驚悚作品相比，風格截然不同，或許看過之後會覺得有點不適應，但還是建議各位務必一讀。等看過幾篇故事後，就會迷上它，它暗藏了奇妙的樂趣——我有這樣的自信。我這樣說並不誇大，其實這部「深泥丘」連續作品，同時也是我個人目前最喜歡的系列。

以下針對收錄的各個作品，加上一些我個人的解說吧。作者要是講解得太瑣細，會讓人覺得掃興，所以真的只是點到為止。

|

〈臉〉

當初《幽》出創刊號時，編輯委託我寫篇故事，我心想「一般的怪談我不會寫啊」，就這樣邊苦惱邊寫，就此完成這篇故事。因為想到「唧唧唧」之類的擬聲在故事描述中穿插的這種文體，所以覺得應該能以此呈現。「唧唧唧」的原始點子當然是來自古賀新一的驚悚漫畫《我的皮膚上有張詛咒的臉》，不過現在可能很多人都沒聽過吧。

〈山丘的那一邊〉

寫這篇故事時，我正投入與佐佐木倫子小姐合作的漫畫《月館殺人事件》中。會出現鐵道迷的故事，完全是受到漫畫的影響。

我想，這大概是我第一次發表這麼「放任隨興」的小說吧。

〈下個不停的雨〉

這個點子，我原本是心想「能不能將它用在普通的推理小說中呢」，而持續加以醞釀。真沒想到最後會呈現出這樣的形態。故事後段出現的「巨鳥」，也不時會出現在之後的作品中。

〈惡靈附身〉

只有這個作品當初發表的雜誌是東京創元社的《Mysteries!》。那是當初我參加「河裡有屍體的風景」這個推理小說競作企畫所寫的故事，所以書中只有這個作品的「形態」算是推理小說。它核心的題材，其實是我在夢裡想到的——或者應說，當初在執筆時，是直接引用碰巧在夢中看到的場面和臺詞。對我來說是一次難得的體驗。

〈蛀牙蟲〉

因牙齒的問題而留下痛苦回憶，應該大家都有這樣的經驗吧。我也常遇到。所以我一直想拿它當小說題材。——因此，故事中大概有三分之一是基於實際的個人體驗。

〈不可以開〉

一把來路不明的鑰匙，是充滿吸引力的道具。我在把玩它的過程中，創作出這個故事。至於故事高潮的那句話要怎麼看，這當然是讀者的個人自由了。

〈六山之夜〉

我在京都土生土長，自幼每年都會看「五山送火」。每次看都感觸良多，所以我一直想日後要以它當題材寫點什麼。這應該是本書最具幻想色彩的作品了吧。

〈深泥丘魔術團〉

我將它看作是一個「可怕魔術的故事」，試著寫下了這個作品。當初雜誌發表時，故事結尾不夠精采，不過在收錄進單行本時，我添加新的內容，就此完成現在的形態。

附帶一提，「會長醫生」的形象，是源自於電影《德州電鋸殺人狂》裡皮臉一家的父親。至於「外戶先生」這姓氏的由來……我還是別寫比較識趣吧。

〈聲音〉

這是真實度最高的作品，幾乎有一半是我目前住處的經驗談。

話說，「深泥丘」這部連續作品，我現在仍以《幽》當主要的發表媒體，緩慢地持續創作中。

已經整理出的第二集《深泥丘奇談．續》，預定不久也會在角川文庫上發行。那會是自由度比本書更高，更具多樣性的作品集，喜歡這種風格的讀者們敬請期待。

二〇一四年　五月

綾辻行人

國家圖書館出版品預行編目資料

深泥丘奇談 / 綾辻行人著；郭清華譯. -- 二版. -- 臺北市：皇冠, 2023.08　面；公分. -- (皇冠叢書；第5094種)(奇・怪；23)

譯自：深泥丘奇談

ISBN 978-957-33-4053-9 (平裝)

861.57　　　112011283

皇冠叢書第5094種
奇・怪 23

深泥丘奇談

作　　者—綾辻行人
譯　　者—郭清華
發 行 人—平　雲
出版發行—皇冠文化出版有限公司
台北市敦化北路120巷50號
電話◎02-27168888
郵撥帳號◎15261516號
皇冠出版社（香港）有限公司
香港銅鑼灣道180號百樂商業中心
19字樓1903室
電話◎2529-1778　傳真◎2527-0904
總 編 輯—許婷婷
責任編輯—陳思宇
美術設計—李偉涵
行銷企劃—薛晴方
著作完成日期—2008年
二版一刷日期—2023年8月

法律顧問—王惠光律師

讀者服務傳真專線◎02-27150507
電腦編號◎512023
ISBN◎978-957-33-4053-9
Printed in Taiwan
本書定價◎新台幣320元/港幣107元